W0369221

Ein altes Mietshaus aus Backstein. Im obersten Stock lebt eine junge Frau. Doris mag die Gegend nicht, aber eine höhere Miete kann sie nicht bezahlen. Sie ist Studentin und hat einen kleinen Sohn. Ein anonymer Anrufer verfolgt sie …

In ihrem spannenden Krimi schafft die Autorin eine bedrohliche Atmosphäre und entwirft zugleich ein beklemmendes Psychogramm eines Täters.

Anke Gebert wurde 1960 in Halle an der Saale geboren. 1988 siedelte sie nach Hamburg über. Sie ist Autorin von Romanen, Krimis, Sach- und Drehbüchern und erhielt zahlreiche Auszeichnungen für ihre Arbeiten. Im Fischer Taschenbuch Verlag erschienen ihre Bücher ›Im Schatten der Mauer‹ (Bd. 16238), ›Besuchsreise‹ (Bd. 16145) und ›Das Treiben‹ (Bd. 16930). Mehr Informationen unter: www.ankegebert.de

Unsere Adresse im Internet:
www.fischerverlage.de

Anke Gebert

Hunde, die bellen

Krimi

Fischer Taschenbuch Verlag

Veröffentlicht im
Fischer Taschenbuch Verlag,
einem Unternehmen der
S. Fischer Verlag GmbH,
Frankfurt am Main, Juni 2007

Druck und Bindung:
Ebner & Spiegel, Ulm
Printed in Germany
ISBN 978-3-596-16931-3

Für Ralf und Jan-Martin

DIENSTAG, AM ABEND

Es ist schon dunkel. Mechanisch schaut Doris auf die Uhr. Auch ohne etwas zu erkennen, weiß sie, wie spät es ist. Die Aerobicstunde dauert immer genau fünfundvierzig Minuten. In fünf Minuten wird sie zu Hause sein. Ihre Nachbarin hat versprochen, gut auf den Kleinen aufzupassen.

Doris zieht die Lederjacke über der Brust zusammen. Ihre Knie sind weich. Sie hat sich total verausgabt. Das erste Mal Sport nach der Entbindung.

Es ist kalt geworden. Seit ihr Sohn geboren ist, friert sie oft.

»Tschüs.«

Eine Frau in Sportsachen hastet an ihr vorbei. Auch sie muß in der Nähe der kleinen Ballettschule wohnen, in der jeden Dienstagabend Aerobic stattfindet. Alle Frauen, die von weiter her kommen, duschen nach der Stunde erst einmal und ziehen sich in Ruhe um. Doris will sich mit so etwas nicht aufhalten. Ihr Sohn ist allein zu Hause.

Die Nachbarin hört zwar alle Viertelstunde hin, aber wer weiß, was alles passieren kann.

Nasse Blätter fallen auf den dunklen Weg nieder. Links und rechts alte Backsteinbauten mit Laubengängen. Eigentlich wollte Doris nie in so einem Haus wohnen. Sie findet Laubengänge unheimlich. Keiner ist frei von dem Impuls, im Vorbeigehen einen Blick in fremde Fenster zu werfen. Und wenn sie sich noch so fest vornimmt, es nicht zu tun: Auch Doris schaut unwillkürlich in fremde Wohnungen.

Die U-Bahn-Unterführung, dann ist sie zu Hause. Doris haßt solche Unterführungen. Tauben haben sich hier eingenistet. Die Wahrscheinlichkeit, nicht mit ihrem ätzenden Kot beschmutzt zu werden, ist gering. Kaum ein Anwohner stellt noch sein Auto hier ab. Nur Fremde parken ahnungslos unter der

Brücke und werden von Vorbeigehenden milde belächelt. Wenn sie zurückkehren, müssen sie die schwarzgraue Schmiere mühselig von ihren Scheiben kratzen. Manche legen Gift. Es ähnelt dem Futter, das andere ausstreuen. Es kommt vor, daß eine verendende Taube regungslos am Bordstein sitzt. Was soll Doris antworten, wenn ihr Sohn sie eines Tages fragt, warum der Vogel nicht wie die anderen davonfliegt, wenn Menschen sich ihm nähern?

Doris erinnert sich, wie sie als Fünfjährige einen toten Spatz in die Tasche ihres Kleides steckte, um ihn zu Hause zum Leben zu erwecken. Sie weiß noch, wie sie ihn, als er weder fressen noch fliegen wollte, auf die Heizung legte, damit er warm würde. Als auch dies nichts nützte, öffnete sie das Fenster im fünften Stock und warf den Vogel hoch hinauf in die Luft. Bevor sie sehen konnte, ob der Vogel tatsächlich flog, schloß sie das Fenster schnell wieder.

Eigenartig, sie hat noch nie einen Taubenkadaver hier unter der Brücke liegen sehen. Wohin die sterbenden Vögel sich wohl zurückziehen?

Doris mag die Menschen in ihrem Stadtteil nicht. Sie sind von ganz eigener Art. Wenn sie irgendwo erzählt, daß sie hier wohnt, verdrehen die meisten gleich die Augen. In der ersten Zeit fand sie das arrogant, jetzt versteht sie, was gemeint ist. Viele Leute wohnen schon seit dreißig Jahren hier. Erst wenn einer aus seiner Wohnung buchstäblich herausstirbt, wird Platz für jemand neues. Weil die Mieten hier noch einigermaßen erschwinglich sind, siedelt sich langsam auch anderes Volk in dieser Gegend an. Junge Leute, Akademiker, Künstler. Allerdings verschwinden sie hinter den rostroten Backsteinfassaden. Es gibt kaum Kneipen oder gar Cafés.

Außer ihrer Nachbarin würde Doris keinem im Haus den Schlüssel zu ihrer Wohnung geben wollen. Es ist ein neugieriges Volk, ein dreistes.

Neuerdings erhält sie Anrufe, vor denen sie sich ekelt. Am anderen Ende meldet sich niemand. Nur der Atem des Anrufers ist zu hören. Doris ahnt, wer aus dem Haus es ist. Es kann nur jemand aus dem Haus sein. Manchmal spricht er auf ihren Anrufbeantworter. Doris hat nie jemanden gekannt, der einen solchen Slang spricht. Es ist ganz bestimmt jemand aus dem Haus. Bestimmt. Seither traut sich Doris abends nicht mehr auf den Trockenboden. Auch wenn sie unbedingt Wäsche aufhängen muß und allen Mut zusammennimmt, dreht sie meist spätestens vor der unbeleuchteten Treppe um und wartet bis zum Morgen. Manchmal bügelt sie dann ein paar Sachen für den Jungen trokken, damit er am nächsten Tag etwas anzuziehen hat. Doris hat neuerdings die Vision, daß plötzlich jemand vor ihr steht, wenn sie die Tür zum Trockenboden aufschließt. Früher hatte sie manchmal die Vorstellung, daß sie einen Mann entdeckt, der sich auf dem Boden erhängt hat.

Das Haus ist unheimlich. Neulich hat sie aus dem Fernsehen erfahren, daß nur zwei Aufgänge weiter ein Drogentoter entdeckt und geborgen wurde.

Er hatte vierzehn Tage lang in seiner

Wohnung gelegen. In der Sendung haben sie den Hausmeister gezeigt, wie er durchs Fenster in die Wohnung kletterte und, entsetzt von dem Gestank, wieder herausgestürzt kam.

Eigentlich würde Doris gern umziehen. Doch die Miete in diesem Haus entschädigt für vieles. Für das Geld bekommt man heutzutage nicht einmal mehr ein Zimmer in einer Wohngemeinschaft. Solange sie studiert und nicht weiß, ob und wieviel sie einmal verdienen wird, kann sie es hier aushalten. Der Kleine hat es gut. Er hat einen großen, hellen Raum für sich. Nach hinten hinaus. Mindestens zwölf Quadratmeter.

Nur diese Anrufe. Sie würden Doris nicht solche Angst machen, wenn der Mann nicht immer davon redete, daß er sie oft sehe. Er muß sich in ihrer Nähe aufhalten. Das ist ihr unheimlich. Nie redet er, wenn sie direkt am Apparat ist. Andererseits weiß sie immerhin, daß er existiert. Noch unheimlicher stellt sie es sich vor, völlig ahnungslos von jemandem belauert zu werden. In Amerika wurde kürzlich ein Mann verhaftet, der zehn Jahre lang unbemerkt in Wohnungen eingebrochen war. Er hatte nur Hochzeitsfotos geklaut. Und Unterwäsche. Unbemerkt. Als sie seine Wohnung durchsuchten, fanden die Polizeibeamten Berge von Damenunterwäsche. Und Fotos. Von denen die Ehemänner abgeschnitten waren. Die Polizisten haben versucht, das Diebesgut an die Eigentümer zurückzuführen, doch es ist ihnen nicht gelungen. Niemand hat etwas vermißt.

Doris hastet durch den U-Bahn-Tunnel. Neben ihr klackt etwas auf die Gehwegplatten. Sie verschränkt die Arme über der Jacke. Taubenkot zerfrißt bestimmt sogar Leder.

Plötzlich packt jemand sie von hinten und hält ihr mit einer Hand den Mund zu. Seinen Oberkörper dicht an sie gedrängt, zwingt er sie seitlich der U-Bahn-Unterführung in die Büsche. Doris ist wie gelähmt.

Der Mann spricht gepreßt immer wieder das gleiche. »Du dachtest wohl, ich kriege dich nicht. Euch Flittchen kriege ich alle ... Mir das Geld aus der Tasche ziehen, einen auf Tränendrüse machen, und um die Ecke lauert schon der nicht vorhandene Vater ... Und das Geld wird gemeinsam ...«

Doris' Versuche, sich zu wehren, sind kläglich. Sie möchte zusammensinken. Es ist die Telefonstimme. Sie kennt diesen Mann. Er versucht mit einer Hand, ihr die Jacke herunterzuziehen. Doris macht sich steif. Als er mit der Jacke nicht weiterkommt, stößt der Mann Doris auf die nasse Erde. Seine Stimme wird immer wütender.

»Ihr haltet doch sonst alle brav hin. Ich muß dafür bezahlen. Jetzt hole ich mir, was mir zusteht ...« Doris nimmt alle Kraft zusammen. Zweige stechen in ihr Gesicht. Sie versucht zu schreien. Der Mann kniet sich auf ihren Oberkörper und preßt seine Handfläche auf ihren Mund. Doris versucht die Hand wegzureißen. Der Mann zerrt an ihrer Hose. Eine U-Bahn fährt über die Brücke. Es wird hell um die beiden. Für einen Moment verharrt der Mann. Er beugt seinen Kopf über ihr Gesicht. Doris schreit.

Sie schreit. Der Mann springt auf.

Die U-Bahn-Geräusche verhallen. Rücklings kriecht Doris ein Stück nach hinten. Sie rutscht aus ihrer Lederjacke. Der Mann brüllt sie an. Ein Auto parkt unter der Brücke. Doris schreit und springt auf. Die beiden in dem Auto sehen sie weglaufen. Sie verharren im Wagen und beobachten, wie der Mann seine Hose schließt. Die Frau verriegelt hastig ihre Tür von innen. Der Mann geht an dem Auto vorbei. Mit der Faust schlägt er aufs Dach des Wagens.

»Ich kriege sie alle! Die kommt mir nicht noch einmal!«

Erst als sie vor ihrer Haustür steht, merkt Doris, daß ihr niemand gefolgt ist. Sie hat keinen Schlüssel, der ist in der Jacke. Doris klingelt bei ihrer Nachbarin Sturm. Der Summer geht. Doris drückt sich mit aller Wucht gegen die Tür, schließt sie hastig wieder und lehnt sich von innen dagegen. Der Flur ist schwach beleuchtet. Ihre Sachen fühlen sich dreckig an. Naß. Sie klopft und wischt an sich herum, reibt ihre

Hände sauber und streicht ihr Haar glatt. Als sie im fünften Stock ankommt, steht die Nachbarin schon im Laubengang. Sie hält Doris den Zweitschlüssel hin.

»Es war nichts. Dein Sohn schläft wie ein Toter.« Doris nimmt den Schlüssel und lächelt kurz. »Danke. Das war sehr nett.«

Die Nachbarin tritt mehr ins Licht. »Du blutest ja.«

Doris verschmiert Tränen im Gesicht.

»Mir haben sie die Jacke geklaut. Meinen Schlüssel . . .«

Kraftlos schließt sie die Tür auf und geht hinein. Wie zum Gruß hebt sie noch einmal die Hand. Die Nachbarin steht im Flur und starrt ihr gebannt nach. Leise schließt Doris die Tür hinter sich ab.

»Die schöne Lederjacke . . .«

Doris steht in ihrer dunklen Wohnung. Am Anrufbeantworter leuchtet eine 2 auf. Doris schiebt einen Vorhang beiseite und geht in das Zimmer ihres Sohnes. Sie beugt sich über das Bett und legt ihre Stirn auf das Gitter. Dann setzt sie sich auf den Teppich und krümmt sich zusammen. Zwischen den Stäben hindurch schaut sie in das Gesicht des schlafenden kleinen Jungen.

Irgendwann geht sie ins Bad. Sie schaltet das Licht an und stützt sich aufs Waschbecken. Lange schaut sie sich ins Gesicht. Sie hat überall blutverklebte Schrammen. Schmerz spürt sie nicht. In Filmen duschen Frauen, denen so etwas passiert ist wie ihr. Sie duschen stundenlang.

Es ist nicht wie im Film. Und duschen wird sie deswegen auch nicht. Ihr ist nichts passiert. Gar nichts. Nur der Schweiß vom Sport, der ist noch an ihrem Körper. Der muß runter. Sie dreht den Schalter des Boilers auf I. Das Lämpchen leuchtet rot auf. Mühsam zieht sie sich die Sachen vom Leib. Wieder stellt sie sich ans Waschbecken, vor den Spiegel. Sie reißt ein Stück Toilettenpapier von der Rolle und feuchtet es an. Vorsichtig reibt sie sich Blut aus dem Gesicht. Mit einem neuen Stück Papier reibt sie ihre Lippen ab. Sie drückt fest auf.

Doris muß daran denken, wie sie als Elfjährige mit Freundinnen eislaufen war. Ein großer Junge mischte sich immer wieder ins Spiel. Als es dunkel wurde, gingen die anderen Mädchen nach Hause. Doris war als letzte noch da, obwohl ihr das verboten war. Der Junge wich nicht von ihrer Seite. Er fing an, sie wie zufällig zu berühren. Als es Doris endlich unheimlich wurde, setzte sie sich auf eine Bank, um ihre Schlittschuhe abzunehmen. Der Junge setzte sich neben sie und redete irgend etwas. Doris bekam Angst. Sie blieb neben ihm sitzen und zwang sich, ganz ruhig ihre Straßenschuhe anzuziehen. Plötzlich drückte der Junge sie nach hinten. Sie erinnert sich an sein Gesicht, es war ganz nahe an ihrem. Seine nassen Lippen auf ihrem Mund. Sie preßte die Zähne zusammen. Als plötzlich die Laternen rund um die Kunsteisbahn angingen, ließ er einen Moment von ihr ab. Mit aller Kraft stieß sie ihn beiseite. Dann rannte sie los. Der Junge konnte ihr mit seinen Schlittschuhen nicht folgen. Sie rannte und rannte. Sie hatte Seitenstiche, als sie in ihrem Wohnblock ankam. Dort erst merkte sie, daß er ihr nicht gefolgt war. Die Eltern warteten mit dem Abendbrot. Doris wollte mit diesem Mund nicht essen. Sie spuckte immer wieder ins Waschbecken. Mit einem nassen Lappen rieb sie sich die Lippen fast wund. Als der Vater sich nach ihren Schlittschuhen erkundigte, erzählte sie, ein großer Junge habe sie ihr gestohlen. Der Vater fragte nach, ob sie sie vielleicht nur liegengelassen habe. Doris fing an zu weinen und schüttelte den Kopf. Dann sei Schlittschuhlaufen in dieser Saison für Doris ja wohl erledigt, meinte die Mutter. Doris nickte.

Die nassen, blutverschmierten Papierklumpen schmeißt sie ins Toilettenbecken. Ihr Gesicht sieht gar nicht so schlimm aus. Die Schwellungen um die Schrammen werden morgen verschwunden sein. Nackend geht Doris in die Küche und setzt Teewasser auf.

Es klingelt.

Doris geht zur Wohnungstür. Sie zögert. Dann drückt sie den Türöffner. Immer wieder fragt sie sich, warum ausgerechnet dieses Haus keine Wechselsprechanlage hat.

Und wenn es dieser Mann ist? Nein, das traut er sich nicht. Und dabei hätte sie schwören können, daß der Anrufer jemand aus dem Haus ist. Doris geht ins Bad und schiebt mit den Füßen ihre dreckigen Sachen unter die Wanne. Schnell zieht sie sich einen Bademantel über.

Die beiden Polizisten werden bei den vielen Stufen immer langsamer.

»Mein Gott, wie kann man nur in so einem Haus wohnen? Bestimmt das übliche: Sie wollte nicht so, wie ihr Macker wollte. Streit oder so. Wie oft wir schon wegen so etwas gerufen wurden. Und hinterher kriechen sie wieder zusammen ins Bett. Oder versumpfen dahinten in dieser ekelhaften Kneipe.«

Der eine Polizist lehnt sich gegen die Wand.

»Im wievielten Stock sind wir? Neulich war ich auch in so einem Haus, habe mir eine Wohnung angeschaut. Die war gar nicht so schlecht geschnitten. Und die

Miete so bei siebenhundertfünfzig. Warm. Da sieht man schon einmal darüber hinweg, wie das Haus und die Leute sind. Aber ich habe die Wohnung gar nicht bekommen. Da waren mindestens fünfzig Mann zur Besichtigung. Noch ein Stockwerk.«

Der andere Polizist faßt ans Geländer.

»Na, ein Glück. Früher durften sie ja noch so hoch bauen – ohne Fahrstuhl. Die Wohnungen ganz oben waren dann billiger. Wenn man gut zu Fuß ist, gar nicht schlecht . . . Aber mir wäre das nichts.«

Die Männer klopfen an die Tür. Doris steht reglos dahinter.

»Wer ist da?«

Der eine Polizist schaut auf den Ausweis, den er aus der Lederjacke geholt hat.

»Öffnen Sie bitte, Frau Klinger. Hier ist die Polizei.«

Doris schaltet das Licht in ihrem kleinen Flur an, damit sie die Leute sehen kann, und schließt die Tür auf. Der eine Mann hält ihr die Lederjacke entgegen.

»Wir wurden von Passanten benachrichtigt, die einen Kampf beobachtet haben wollen. Wir haben Ihre Jacke am Tatort gefunden.«

Doris greift nach der Jacke.

»Bitte nicht so laut. Mein kleiner Sohn schläft.« Plötzlich pfeift der Teekessel. Doris eilt in die Küche. Die beiden Männer treten in den Flur. »Wir müssen mit Ihnen reden.«

Doris legt erschrocken den Zeigefinger auf den Mund und nickt. Sie deutet in Richtung Wohnzimmer. Die Männer gehen leise hinein. Doris stützt sich für einen Moment auf den Küchentisch. Den Tee läßt sie in der Küche. Sie schaltet das Licht im Flur aus.

»Ich habe im Kinderzimmer leider keine Tür«, sagt sie, als sie das Wohnzimmer betritt.

Der eine Polizist steht vor der Bücherwand. Der andere hat sich auf die Kante ihres Futons gesetzt. »Sie wohnen schön hier. Das denkt man gar nicht, wenn man ins Haus kommt. Aber wie machen Sie das nur mit den Treppen?«

Doris lächelt.

»Das fragen alle. Der Kleine wiegt jetzt

schon zehn Kilo. Es ist wie Sport für mich. Sie wissen ja, wie es auf dem Wohnungsmarkt aussieht.«

»Frau Klinger, wir wüßten gern, was dort auf der Straße passiert ist. Sicher haben Sie inzwischen auch die Polizei benachrichtigt.«

Doris antwortet nicht.

»Wir haben in Ihrer Jacke Papiere und auch Geld gefunden. Und Ihren Wohnungsschlüssel. Es ging dem Täter also offenbar nicht um Raub. Was ist passiert?«

»Schildern Sie bitte, was vorgefallen ist. Wir müssen ein Protokoll aufsetzen.«

Doris sieht nach unten.

»Nichts ist passiert. Gar nichts. Ich mache auch keine Anzeige.«

Der Polizist läßt von den Büchern ab.

»Sie haben ein total zerkratztes Gesicht. Wir müssen der Sache nachgehen, weil wir von Dritten benachrichtigt worden sind. Wenn es ein Familienstreit war, sagen Sie es uns. Das kennen wir zur Genüge. Dann ist der Fall ganz schnell erledigt. Kennen Sie den Mann?«

Doris schüttelt den Kopf. Sie setzt sich

auf ihren Schreibtischstuhl. Im ganzen Zimmer stehen nur zwei Stühle an einem großen Tisch. Unauffällig bietet sie dem noch immer stehenden Polizisten den anderen Stuhl an.

Der Mann setzt sich.

»Und der Vater des Kindes?«

Doris sieht erschrocken auf. »Wir leben nicht zusammen.«

Mit den Zehen zeichnet sie Muster in den Teppich.

»Aber wir verstehen uns gut. Er hilft mir. Eine Anzeige mache ich nicht.«

Die Polizisten erheben sich.

»Das war's dann wohl.«

Doris bringt die beiden Männer durch den dunklen Flur zur Tür.

Die Anzeige des Anrufbeantworters zeigt immer noch die 2. Nachdem sie die Tür geschlossen hat, horcht sie, ob die Polizisten wirklich die Treppe hinuntergehen. Dann hört sie ganz leise den Anrufbeantworter ab.

Der erste Anruf ist von Frank. »Ich bin's. Ich wollte dir nur einen schönen Abend wünschen. Sicher bist du noch beim Sport. Geht es unserem Kleinen gut? Bis dann.«

Doris lächelt müde. Auf dem Tonband piepst es leise, bevor die zweite Ansage zu hören ist. Es ist dieselbe Männerstimme wie vorhin auf der Straße.

»Na, nicht zu Hause? Ich weiß, wo du dienstags immer bist. Heute kriege ich dich!«

Doris unterbricht die Ansage. Sie lehnt sich mit dem Rücken gegen die Wand und läßt sich zu Boden gleiten.

Lange bleibt sie so im Dunkeln sitzen.

Wolfgang schließt das Bullauge seiner Waschmaschine.

Stundenlang könnte er zusehen, wie die Maschine seine Wäsche hin- und herwälzt, wie der Schaum sich bildet und langsam grau wird vom Schmutz, wie der Dreck schließlich abgepumpt und das Wasser mit jedem Spülen klarer wird. Und seine Wäsche endlich sauber. Bis zehn Uhr abends darf er waschen. So steht es in der Hausordnung. Eine Maschine Buntes schafft er heute noch. Wenn nicht, muß er um zehn den Stecker herausziehen.

Wolfgang liebt es, vor seiner Waschmaschine zu sitzen. Er wartet darauf, daß er das sich endlich erwärmende runde Glas in. der Tür berühren kann.

Am Anfang seiner Angestelltenlaufbahn

ist er noch in den Waschsalon gegangen. Wie er es gehaßt hat, seine Zeit sinnlos auf einer dieser Plastikbänke abzusitzen! Zwischen all dem Pack, mit dem er sich schon tagsüber abplagen muß. Nie war man allein in so einem Waschsalon. Wolfgang hat es zu den unmöglichsten Zeiten probiert. Es gibt Menschen, die scheinen dort waschen zu gehen, um mit anderen reden zu können. Laut und hemmungslos.

Wolfgang fand es schrecklich, angesprochen zu werden. Er würde nie einfach so auf jemanden zugehen. Aber gestört haben ihn auch die mit den Walkmen, die saßen herum und dröhnten sich so laut mit Musik voll, daß er es sogar am Ende der Bank noch hörte. Und dann die Frauen, die ihn herausfordernd ansahen, während sie vor seinen Augen genüßlich ihre Unterwäsche sortierten. Ein Dreckzeug hatten die meisten. Gritzegrau. Oben hui und unten pfui.

Aber all das war noch erträglich, gemessen an dem, was ihm dann passierte: Eines Tages wurde Wolfgang im Waschsalon erkannt. Einer von diesen Typen, die er am Tag zu bearbeiten hatte, kam mit Tüten voller Dreckwäsche zur Tür herein, sah Wolfgang und setzte sich, als wären sie verabredet, wie selbstverständlich neben ihn. Laut und grammatikalisch falsch redend, packte dieser fremde Mensch seine Mistwäsche aus, sortierte das muffige Zeug direkt neben Wolfgang und schmiß auch noch bunte Socken zu den hellen Handtüchern in die Trommel. Wolfgang mußte sich zurückhalten, um nicht aufzuspringen und die Drecksachen wieder aus der Maschine zu holen. Aber es war egal. Was aus der abgewetzten Tüte zum Vorschein kam, waren sowieso nur noch Lappen. Nein. So etwas würde Wolfgang nicht einmal mehr zum Putzen nehmen. Dieser Typ quatschte unaufhörlich von Stütze. Daß es sehr viel mehr sein müßte, was das Amt ihm zahle. Wolfgang war wie gelähmt, sprach kein einziges Wort, kam nicht auf die Idee, an die Luft zu gehen. Einfach raus. Es gab kein Entkommen. Seine Maschine hatte gerade erst angefangen zu heizen. Mindestens noch eine Stunde mußte er es unter diesen Leuten aushalten. Nur eines wußte er: Nie wieder würde er in diesen Salon gehen. Er hätte wissen müssen, daß ihm eines Tages so etwas passiert. Wenn man in ein und demselben Wohngebiet lebt und arbeitet (und wäscht), muß man damit rechnen, daß man Leute trifft, denen man wenigstens beim Waschen nicht mehr begegnen möchte. Nie wieder dieser Waschsalon, nie wieder in diesem Stadtteil, für den er zuständig ist. Nein, bevor er mit seinen Sachen weit in eine andere Gegend fahren mußte, wollte er sich selbst eine Waschmaschine kaufen. Egal, was sie kostete. Eigentlich war das schon immer sein Traum. Aber ein Markengerät mußte es sein. Das war klar. Das wußte er von seiner Mutter. Wenn schon, denn schon. Was Gutes. Für die Wäsche.

Wolfgang schließt den Waschpulverbehälter. Er holt den Wäscheständer vom Balkon. Bei dem Wetter trocknet da draußen sowieso nichts. Und wenn er seine Hose morgen zum Dienst wieder anziehen will, muß er die Sachen an der Heizung im Wohnzimmer trocknen. Eigentlich ist das Wohnzimmer die ganze Wohnung. Wohnzimmer mit Kochnische. Und Duschbad. Apartment schimpft sich so etwas. Aber was Größeres, das wäre Wahnsinn. Rausgeschmissenes Geld. Für ihn allein reicht das so. Die Miete wohnt er gar nicht ab. Wenn man bedenkt, daß man sowieso nur die Abende in seiner Wohnung verbringt und davon auch noch die meiste Zeit verschläft ... An den Wochenenden joggt er zweimal täglich durch den Stadtpark. Das braucht er für seinen Job. Das ist sein Ausgleich für das Sitzen. Und für die Luft. Eine ekelerregende Luft ist das, die von den Fluren zu einem hereinströmt. Von den Menschen, mit denen er zu tun hat. An den Sonntagen geht Wolfgang zu seiner Mutter. Zum Kaffee. Früher auch zum Mittag, aber das mit dem Kochen ist ihr inzwischen zuviel geworden. Sie kauft sich für den Sonntag nun immer ein Fertiggericht. Wolfgang ist einerseits froh darüber, jetzt immer erst um drei Uhr zu ihr zu müssen, andererseits ernährt er sich nun auch noch sonntags nur von Brot und Wurst.

Mit der Wohnung hat Wolfgang sich gegen seine Mutter durchgesetzt. Er weiß noch, wie sie geschimpft hat. Und dann geweint. Und dann nicht mehr mit ihm geredet. Er weiß es selbst nicht, es kam ganz plötzlich über ihn, mit der Wohnung. Eigentlich wollte er nur testen, ob er auf dem Wohnungsmarkt eine Chance hätte. Hundertmal hatte er die Anzeigen von anderen in den Zeitungen gelesen. Dann plötzlich rief er selbst an. Bei der *Avis*, dieser Zeitung, in der man umsonst inserieren kann. Es war doch nur ein Experiment. Aber dann meldete sich einer bei ihm. Wolfgang müsse sich schnell entscheiden. Zum nächsten Monat könne er einziehen. Und renovieren müsse er. Eine Einzimmerwohnung mit Kochnische und Naßzelle. Er weiß nicht mehr, was plötzlich mit ihm los war. Er wollte die Wohnung haben. Unbedingt. Sofort. Er hätte sie genommen, ohne sie anzusehen. Seine Mutter stellte er vor vollendete Tatsachen. Vielleicht war es das, was sie so böse machte. Sie hätte sicher gern mit entschieden. Keinen Pfennig wollte sie dazugeben. Bitte sehr.

Das brauchte sie auch nicht. Wolfgang hatte immerhin schon eine ganze Weile einen Beruf, falls sie es noch nicht bemerkt hatte. Und die Wäsche. Die wollte sie ihm auch nicht mehr machen.

Wolfgang liebt es, allein zu wohnen. Natürlich hätte er bei seiner Mutter in der Wohnung bleiben können. Das wäre auf jeden Fall günstiger gewesen. Finanziell. Fast unvernünftig kam es ihm am Anfang vor. Luxuriös. Mutter in einer großen Wohnung und er auch noch mit einer eigenen. Zwei Mieten für zwei Leute. Wahnsinn. Aber eigener Herd ist Goldes wert, wie man so schön sagt. Und das weiß Wolfgang wirklich zu schätzen. Er kann jetzt nach Hause kommen, wann er will. Von seinen Kontrollen. Und er kann aussehen ... Dreckig wie ein Schwein von seinen Kontrollen. Und er kann waschen, wann immer er möchte. Bis zehn Uhr abends sogar. Wolfgang kann telefonieren, soviel und mit wem er will. Und er muß sein Bügelbrett nicht immer wieder zusammenklappen. So oft, wie Wolfgang bügelt, wäre es Unsinn, es jedesmal wegzuräumen. Das Brett steht seitlich vom Fernseher. Er kommt bequem zwischen beidem hindurch.

Mutter besucht ihn eigentlich nie. Sie sehen einander an den Sonntagen. Und manchmal außer der Reihe. Wenn sie nachts anruft und sagt, sie habe einen Zuckerschock. Dann muß Wolfgang sofort hin. Er weiß, sie hat nichts. Mutter kann es nicht mehr aushalten, so allein, ohne ihn. Böse sein kann er ihr deswegen nicht. Sie wird eben noch lange brauchen, bis sie ohne ihn schlafen kann. Hundertmal hat er ihr gesagt, sie solle das Ehebett rausschmeißen. Wenigstens die Seite von seinem Vater. Er, Wolfgang, lege sich jetzt, wo er eine eigene Wohnung habe, auch nicht mehr hinein.

Wolfgang schläft gern allein. Keine Atemgeräusche von anderen, kein fremder Geruch. Früher, wenn er sich mit Vaters Bettdecke zudeckte, war es manchmal so kalt, daß er lange mit angezogenen Beinen dalag und darauf wartete, daß Mutter wie zufällig ihre Beine zu ihm unter die Decke steckte. Manchmal, wenn Vaters Decke warm war, kam es ihm vor, als sei sie feucht und dampfe von all den Flüssigkeiten, die Vater in dieses Bett geschwitzt oder was sonst noch alles hatte. Dann schüttelte Wolfgang alle Federn ans Fußende. Zum Ärger der Mutter. Und deckte sich mit dem Bezug zu.

Wolfgang holt die Wurstbüchse aus dem Kühlschrank. Die Margarine und das Brettchen mit dem Messer läßt er immer auf dem Tisch. Wenn er es geschickt anstellt, muß er nur noch am Wochenende abwaschen. Die Tasse vom Morgen spült er immer gleich nach dem Frühstück aus. Ohne Frühstück aus dem Haus gehen, das könnte er nicht. So mit leerem Magen. Und dann schmiert er sich seine Schnitten für die Mittagspause. Er hat Kollegen, die gehen jeden Tag essen. Ein Wahnsinn ist das. Rausgeschmissenes Geld. Wolfgang kauft nur geschnittenes Brot. Wegen der Krümel. Einmal die Woche geht er einkaufen. Einen Karton voll bei Aldi. Immer für etwa dreißig Mark. Das hat sich so eingependelt. Mehr verbraucht er nicht. Da sind dann auch schon der Kuchen für den Sonntag mit Mutter und das Studentenfutter für den Samstag- und den Sonntagabend dabei. Eigentlich ist das Luxus. Aber ein wenig Luxus muß sein. Wie eben auch die Waschmaschine. Wofür denn die ganze Ackerei? Ist doch wahr. Außerdem ist er sonst sehr sparsam. Er würde sich nie eine Plastiktüte kaufen bei Aldi. Schon wegen der Umwelt nicht. Er nimmt immer einen Karton. Und für den Notfall hat er zwei Stoffbeutel in der Tasche, die er jederzeit auswaschen und bügeln kann. Die halten ein Leben lang. Sein Leben. Aber das Genialste ist ihm im Sommer eingefallen. Wolfgang hat einen Trick gefunden, wie er unheimlich Strom sparen kann. Wenn es draußen warm ist, stellt er zwei alte braune Flaschen auf den Balkon. Gefüllt mit Wasser. Wenn die Sonne ordentlich darauf scheint, hat er so, wenn er von der Arbeit nach Hause kommt, warmes Wasser. Er muß seinen Boiler in der Küche nicht mehr anstellen zum Spülen. Und in der Woche reicht es sogar für ihn zum Waschen. Im Sommer geht seine Stromrechnung deutlich runter. Das hat sich schon bemerkbar gemacht. Man sollte es nicht glauben. An einem der Sonntage hat er sich von Mutter ein Stück Alufolie mitgebracht, das hängt er hinter den Flaschen auf dem Balkon auf. Dann reflektieren die Strahlen und erwärmen das Wasser noch schneller. Eigentlich ist sein Balkon nur einen halben Meter groß, ein Vorsprung, auf den er durch eine große Tür hinaustreten kann. Aber Wolfgang ist froh, daß er ihn hat. Schon wegen des Energiesparens.

Wolfgang legt Mettwurst auf seine Schnitte. Dauerwurst ißt er für sein Leben gern. Die mit den Senfkörnern. Für eine Mark neunundzwanzig. Wenn er die Knie von seiner Hose in der Maschine nicht sauberbekommt, muß er morgen die gute Hose anziehen. Die blaue. Diese Tussi hat sich aber auch angestellt. Aber die kriegt er schon noch. Mit der ist er noch lange nicht fertig. Der Reihe nach nimmt er sie sich vor. Es reicht ihm schon lange. Mit diesen Schlampen. Das Theater macht er nicht mehr mit. Die wollen ihn alle für dumm verkaufen. Und er kann nichts dagegen tun. Die bringen ihm skrupellos alle Unterlagen, die sie für ihre Lügen brauchen. Sehen ihm noch frech in die Augen dabei. Jetzt hat Wolfgang wirklich genug. Wenn sich schon die anderen in seiner Abteilung damit abfinden – bitte schön. Er läßt sich das nicht länger bieten.

Keins von den Weibern ist verheiratet. Alle haben sie Gören. Und diese Doris sieht ihm keinesfalls so aus, als wenn sie darunter leidet. Ganz im Gegenteil. Die hat garantiert einen Macker, der sie aushält. Garantiert. Aber auf dem Amt, vor Wolfgang, tut sie so, als würde sie am Hungertuche nagen. Obwohl, die hat nicht, wie die anderen Weiber, auch noch freche Forderungen gestellt. Ganz still hat sie dagesessen, nach unten geschaut und an ihrer Jacke gespielt. Fast sympathisch war Wolfgang das. Nur fällt er auf diese Masche schon lange nicht mehr rein. Für blöd soll sie ihn mal nicht verkaufen. Er wird ihr zeigen, wer hier der Dumme ist. Die wird sich nicht noch einmal zu ihm oder auf ein anderes Amt wagen. Der hat er einen Denkzettel verpaßt... Aber die sind frech. Diese Weiber, die sich von ihm immer Geld holen, unberechtigterweise. Unter Vortäuschung falscher Tatsachen. Jagen wird er sie. Diese Doris hat Angst, das weiß er. Der wird er noch mehr angst machen. Gleich morgen. Er weiß auch schon wie. Diese Doris soll ihn nicht vergessen. Die nicht.

MITTWOCH

Wie alle in der Oper hat Frank selten an einem Wochenende frei. Deshalb schwänzt Doris manchmal an einem seiner freien Tage die Uni, und sie verbringen gemeinsam ein paar Stunden. Dann reden sie über all die Dinge, die zu besprechen sind. Am frühen Nachmittag holen sie dann gemeinsam ihren Sohn von der Tagesmutter. Der Rest des Tages gehört nur dem Kind. Die Tagesmutter haben sie gemeinsam ausgesucht. Doris mußte unbedingt weiterstudieren. Ein Semester hatte sie schon verpaßt. Sie hatten Angst, keine geeignete Unterbringung für ihr Kind zu finden. Tagesmütter sind knapp, und die vom Staat zugelassenen sowieso. Wer will schon den ganzen Tag über die Verantwortung für ein fremdes Kind übernehmen, und das für fünfhundertfünfzig Mark im Monat? Auf Doris' Annonce meldeten sich damals einige. Die mit Vollwertkost und Garten fielen gleich aus, weil sie mehr als fünfhundertfünfzig Mark verlangten. Doris bekommt die Tagesmutter vom Staat bezahlt, sie mußte also eine zugelassene nehmen. Außerdem findet sie es beruhigend, wenn Tagesmütter hin und wieder vom Amt kontrolliert werden. Man weiß ja gar nicht, in wessen Hände man sein Kind gibt. Daß das kontrolliert wird, kann nur richtig sein. Doris und Frank glaubten schon angesichts der Wohnung beurteilen zu können, ob die Frau der richtige Umgang für ihren Sohn sei. Sie hatten Glück. Schon beim zweiten Vorstellungsgespräch.

Die erste Frau, die sie besuchten, sagte ihnen auf den ersten Blick eigentlich auch zu. Sie war um die Fünfzig. Ein mütterlicher Typ. Während des ganzen Gesprächs hatte sie ein Kind auf dem Arm. Die Art, wie sie von den Kleinen sprach, war sehr liebevoll. Nur schien die ganze Wohnung für Kinder gesperrt zu sein. Doris und Frank saßen auf dem mit Zierkissen überladenen Sofa. Die restlichen drei Kinder stritten sich auf einer Decke in der Ecke des Flurs um den Schlüsselbund der Frau, der offenbar das einzige Spielzeug war. Als Frank fragte, ob sie denn viel mit den Kindern rausgehe, antwortete die Frau, sie nehme die Kinder mit, wenn sie einkaufen gehe. Doris' Sohn wäre das fünfte Kind in dieser Zweizimmerwohnung gewesen; er hätte sich mit in diese Ecke im Flur quetschen und darauf warten müssen, daß sie oder Frank ihn wieder abholte. Fünfmal fünfhundertfünfzig Mark sind eine Menge Geld für so eine Aufbewahrung, findet Doris. Dafür geht Frank den ganzen Monat, auch am Wochenende und nachts, in der Oper arbeiten.

Bei der Tagesmutter, für die sie sich dann entschieden, fühlte ihr Kind sich auf Anhieb wohl. Die ganze Wohnung ist für die Kinder hergerichtet, es gibt keinen Raum, den sie nicht betreten dürfen. Die junge Frau hat selbst einen kleinen Sohn und kann deshalb ihrem Ganztagsjob nicht mehr nachgehen. Um sich und ihrem Sohn die Langeweile zu vertreiben – und um dazuzuverdienen –, hat sie sich

Kinder in die Wohnung geholt. Doris und Frank und der Kleine hatten Glück mit »Mama Tine«. Einmal sei eine vom Amt dagewesen, erzählte sie, und das, bevor sie mit der eigentlichen Arbeit mit den Kindern begonnen habe. Sie hätte der Beamtin sonstwas erzählen können. Und jetzt könne sie mit den Kindern machen, was sie wolle, keiner schere sich darum. Aber das Geld komme immer pünktlich.

Als kürzlich bei einer Kölner Tagesmutter ein Kind ermordet wurde, brach eine regelrechte Tagesmütterhysterie aus. Natürlich muß erst etwas passieren. Doris und Frank aber sind voller Vertrauen. Ihr Kind bekommt bei der Tagesmutter Dinge, die sie ihm nicht bieten können. Das Aufwachsen mit Gleichaltrigen.

Heute wäre Doris sowieso nicht zur Uni gegangen. Frank ist der einzige Mensch, den sie nach dem gestrigen Erlebnis ertragen kann. So nahe. Sie hat sich beruhigt. Lange haben sie beim Frühstück alles besprochen. Frank hatte sofort Feierabend gemacht, nachdem Doris ihn später am

Abend noch angerufen hatte. Seine Kollegen waren nicht so, die hatten ihn sofort gehen lassen. Doris steht auf und holt ein paar Zeitungen vom Tresen. Sie liebt es, beim Frühstück zu lesen. Und sie haßt es, daß die meisten Zeitungen auf keinen Frühstückstisch passen. Eher als das Format der Blätter würde sie die Größe der Tische ändern. Frank amüsiert es jedesmal, wie chaotisch sie die riesigen Seiten umblättert, er muß immer erst das Bündel Blätter entwirren, bevor er lesen kann.

Lange waren Doris und Frank nicht hier. Doris hat hier gejobbt, bis sie im dritten Monat schwanger war. Dann fand sie es besser aufzuhören, wegen des Qualms und wegen der Angst vor Krampfadern. Zwölf Stunden hinterm Tresen. Dreimal die Woche. Das war schon ohne Schwangerschaft hart genug. Hier war immer viel Betrieb.

Doris weiß noch, wie sie und ihre Kolleginnen sich jeden Tag fürchteten vor dem Ansturm von Berufsschülern, wenn überall gleichzeitig große Pause war. Manchmal war es so voll, daß das Geschirr nicht für alle Gäste reichte. Dann rührten die Schüler ihren Kaffee mit Gabeln um. Sitzplätze gab es sowieso nicht genug. In Dreierreihe standen sie dann am Tresen. Dieser Alptraum dauerte knapp eine halbe Stunde, dann waren die Schüler wieder verschwunden. Vereinzelt saßen noch ein paar »normale« Gäste da, nach dieser Attacke etwas eingeschüchtert und blaß, und Doris und ihre Kolleginnen räumten Unmengen von Geschirr ab. Schnell, bevor das Mittagsgeschäft begann. Doris kam aus dem Gläserwaschen nicht mehr heraus. Das volle Kellnerportemonnaie entschädigte sie nach jedem dieser Tage. Nur so konnte sie existieren – nachdem sie sich entschieden hatte, noch einmal zu studieren. Vom BAföG bezahlte sie Miete, Telefon und Strom.

Von ihren Kolleginnen damals arbeitet keine mehr hier. Vielleicht abends. Doris hat nie abends gearbeitet. Die Gefahr, in der Kneipe hängenzubleiben und dort »Karriere« zu machen, war zu groß. Von achtzehn Uhr bis zwei Uhr morgens ging die Nachtschicht. Dann pünktlich um neun einen Platz im Hörsaal erkämpfen zu wollen war illusorisch. Das hielt keiner auf Dauer durch. Der innere Schweinehund ließ einen lieber ausschlafen, ausschlafen für die nächste Nachtschicht in der Kneipe, bei der natürlich auch mehr zu verdienen war als in der Tagesschicht.

Doris weiß, wann man hier in Ruhe frühstücken kann.

Nur in der Küche arbeiten noch ein Koch und ein Abwäscher aus ihrer Tresenzeit.

Doris hat sie begrüßt. Die Männer in der Küche geben dann immer etwas mehr auf die Teller und in den Brötchenkorb.

Die Köche stammen aus dem Iran oder Irak. Doris hat sich das nicht so genau gemerkt. Einmal mußte sie einen von ihnen an den Tresen holen, weil ein Ferngespräch für ihn in der Leitung war. Doris stand daneben, als dem Koch am Telefon mitgeteilt wurde, daß sein Bruder gerade im Krieg erschossen worden war. Er ging schweigend in die Küche. Dort heulte er laut auf und schlug immer wieder mit einem großen Messer auf die Metalldurchreiche für die fertigen Essen. Er schlug so lange zu, bis die Klinge absprang. Dann setzte er sich auf einen Hocker. Doris wußte nicht, was sie ihm sagen sollte. Der Betrieb ging normal weiter. Alle Kellnerinnen der Kneipe waren wie Doris Studentinnen. Nach Hause schicken durften sie den Koch nicht einfach. So etwas mußte der Chef entscheiden. Der ließ sich selten sehen. An dem Tag gar nicht. Und wer hätte das ganze Essen kochen sollen? Doris vielleicht?

Doris fragte sich damals manchmal, warum ihr Chef beim Dienstplanschreiben nicht mehr darauf achtete, daß nicht immer wieder ausgerechnet zwei Köche aus verfeindeten und gerade gegeneinander kämpfenden Ländern zusammen eingeteilt wurden. An solchen Tagen herrschte eisiges Schweigen in der Küche. Einmal gab es sogar eine Messerstecherei. Die Polizei wurde nicht geholt. Alle in der Küche arbeiteten ohne Erlaubnis hier. Beide Männer wurden entlassen. Ersatz war schnell gefunden. Die Köche bekommen acht Mark die Stunde. Die Abwäscher sind Schwarze, sie bekommen sechs Mark. Bevor der Laden geöffnet wird, machen Polen ihn sauber. Auch sie kriegen sechs Mark. Doris konnte sich zum Feierabend zehn Mark pro Stunde plus Trinkgeld aus der Kasse nehmen. Manche Kellner gaben den Köchen abends vier Mark für Zigaretten. Aber nur, wenn der Tag viel Trinkgeld gebracht hatte.

Mit ihrem Chef hatte Doris Glück. Er hatte sich vom Tresenmann zum »Chef« hochgearbeitet. Hatte wie alle als Student angefangen, war schließlich Tag und Nacht in der Kneipe gewesen.

Als ihm dann der Besitzer des Ladens das Angebot machte, »Personalchef« zu werden, ließ er sein BWL-Studium sein und schrieb neben seinen Tresenschichten Dienstpläne. Irgendwann, als der Besitzer schon die zehnte Kneipe dieser Art in Deutschland aufmachte, durfte der »Personalchef« den Laden pachten. Er schaffte es, das Personal innerhalb eines Jahres so einzuarbeiten, daß er sich kaum noch sehen lassen mußte. Die ganze Kneipe kam

Doris bald vor wie ein Selbstbedienungsladen.

Erst spät stieg sie dahinter. Erst als ihr Chef sich öffentlich darüber amüsierte, wie genau sie ihre Abrechnungen nahm. Daß sie stundenlang sitze und rechne, wenn dreißig Pfennig in der Kasse fehlten. So was habe er noch nie erlebt. Als er öffentlich bekanntgab, daß Doris die Frau mit dem besten Tresenumsatz sei, ging ihr endlich auf, daß sie die einzige war, die nicht klaute. Die einzige, die alles aufschrieb und einbongte. An dem Tag fing sie damit an. Manchmal wurde ihr fast schwindelig bei den Summen, die sie mit nach Hause nahm. Da sie von den Getränken, die sie am Tresen verkaufte, keines aufschreiben mußte, verkaufte sie an manchen Tagen viel, an manchen Tagen wenig, rechnete aber immer etwa die gleiche Summe ab. Niemand konnte ihr etwas nachweisen, es sei denn, er hätte den ganzen Tag neben ihr gestanden und ihr auf die Finger geschaut. Ihrem Chef schien es überhaupt nicht verdächtig, daß Doris' Umsätze zurückgingen. Nach wie vor vertraute er ihr am Telefon an, wo das Versteck mit dem Wechselgeld für ihre nächste Morgenschicht sei. Auch als mehrmals trotz Verabredung kein Geld in diesem Versteck lag und Doris vor Angst, beschuldigt zu werden, fast außer sich geriet, verdächtigte ihr Chef sie nie. Die Polizei ermittelte, fand aber nie einen Dieb. Verdächtigt wurden viele, nur Doris nicht. Ihr Chef auch nicht. Heute ist sie sich sicher, daß er das Geld genommen hatte. Daß er kokste, darauf wurde Doris erst von ihren Kolleginnen gestoßen. Ob sie nicht merke, wie oft er ungeniert herumrotze? Doris waren nur die unberechenbaren Launen des Chefs, der nur ein Jahr älter war als sie, gegenüber einigen vom Personal aufgefallen. Und daß er auch im Winter oft keine Strümpfe trug und das offenbar gar nicht merkte. Ihr »Chef« ist schon lange nicht mehr für den Laden zuständig. Trotzdem scheint alles beim alten zu sein.

Doris zwingt sich, die Zeitung nicht gleich von hinten aufzuschlagen. Sie will diese schlechte Angewohnheit endlich ablegen. Und sie will sich endlich mehr für Politik interessieren. Die Zeitungen sind durchsetzt von Schreckensmeldungen. Doris kann die Fotos von verhungernden Kindern nicht mehr sehen. Sie hält sie nicht aus. Der Journalist, der das verhungernde Kind in Afrika fotografiert hat, neben dem, ganz in der Nähe, schon ein Geier lauert, hat für diese Leistung den Pulitzer-Preis bekommen. Die ganze Welt hat ihn für dieses Foto gefeiert. Ist er eigentlich, nachdem er das Kind fotografiert hatte, aufgestanden und weggegangen, zu einem weiteren schönen Motiv? Oder hat er dem Kind auch geholfen? Jetzt hat der Fotograf sich mit dreiunddreißig Jahren das Leben genommen. Das macht ihn Doris wieder sympathisch. Seit ihr Sohn geboren ist, kann sie Berichte über Mütter, die ihr Kind erschlagen, nicht mehr zu Ende lesen. Früher wurde sie wütend auf diese Eltern. Heute verstummt sie vor Trauer über den Schmerz solcher mißhandelten Kinder. Eine Mutter hat ihren Sohn von der Brücke geschmissen. Doris ist froh, daß der Junge tot ist. Noch im Fallen hat er geschrien: »Mama, ich will nicht sterben!«

Wie lebt es sich, wenn man von der eigenen Mutter weggeschmissen wird und es überlebt? Bis zum Schluß hat der Junge seine Mutter geliebt.

Alle mißhandelten Kinder lieben ihre Mutter bis ans Ende. Mütter können machen, was sie wollen.

Je mehr sie Liebe entziehen, je grausamer sie sind, desto dankbarer sind die Kinder für ein wenig Zuwendung. Kinder, für die Liebe etwas Alltägliches ist, sind undankbarer, wissen sie nicht zu schätzen. Woher auch, sie haben keinen Vergleich, können sich gar nicht vorstellen, daß das, was sie bekommen, nicht unbedingt selbstverständlich ist. Die, die kaum Wärme bekommen, wünschen sich eine heile Welt. Keiner fragt, ob Eltern überhaupt fähig sind, ihnen diese zu geben.

Jetzt hat die Hamburger Polizei herausgefunden, daß das ertrunkene Baby von dem neulich in der Presse berichtet wurde, von der eigenen Mutter in den Fluß gerollt worden ist. Die Frau hat einfach den Kinderwagen ausgekippt und ihn dann leer nach Hause gefahren. Unterwegs hat sie sich eine Geschichte ausgedacht. Jetzt weiß man, daß die Frau schon mit den beiden anderen Kindern genug hatte, und mit sich selbst sowieso.

Doris ertappt sich bei dem Gedanken, wie froh sie ist, daß auch dieses Kind tot ist. Mit Frank redet sie nur noch selten über solche Themen. Er wünscht sich, daß sie nicht ständig über andere nachdenkt. Sie werde noch verrückt dabei. Außerdem meint er, wenn sie allen mißhandelten Kindern lieber den Tod wünsche, lägen die Straßen voller kleiner Leichen. Dieses Bild hat sich in Doris' Kopf festgesetzt. Frank weiß nicht, daß sie es nicht mehr los wird.

Seit Doris selbst Mutter ist, kann sie sich auch vorstellen, daß man keine Kraft mehr hat, daß man einfach nicht mehr kann. Und dann eben ein Kind in den Fluß stürzt.

Alles, was es vorher für das Kind gab, und alles, was noch hätte kommen können, scheint ihr viel schmerzlicher als der Tod. Doris versteht nicht, weshalb angesichts der vielen ungewollten und ungeliebten Kinder soviel über Abtreibung diskutiert werden kann.

Doris' Sohn ist ein Wunschkind. Und trotzdem wird sie sich manchmal erschrocken ihrer Verantwortung bewußt. Und der ständigen Angst.

Doris hat Frank. Oft fragt sie sich, was alleinstehende Mütter eigentlich tun, wenn sie morgens mal nicht in der Lage sind aufzustehen. Sie fragt sich, wie lange manche Kinder allein in Hamburg in ihren Betten liegen und schreien. Vor Kälte, vor Hunger, vor Einsamkeit. Sie fragt sich, wie viele Kinder vielleicht nur alle zwei Tage aus ihren vollen, nassen Windeln herausgeholt werden. Kleine Kinder sind ihren Eltern ausgeliefert.

Haben die Meldungen über Kinder, die in deutschen Wohnungen verhungert sind, nicht zugenommen? Wo sind die Menschen, die das Unheil voraussehen könnten, wenn sie schwangere Frauen mit Sozialhilfe abfertigen und sich selbst überlassen?

Doris ist ledige Studentin. Wie sie das mit dem Kind schafft, hat noch niemanden interessiert. Würde eigentlich jemand von der Behörde ihren Sohn vermissen, wenn er plötzlich nicht mehr da wäre? Würde eigentlich jemand Doris vermissen? Kindergeld, BAföG und Erziehungsgeld, alles kommt pünktlich. Damit sind Mutter und Kind versorgt. Wer achtet darauf, daß die beiden wirklich genug haben, nicht nur an Geld? Was machen die Frauen, die Schwierigkeiten haben, alle sechs Monate einen neuen Wohngeldantrag zu stellen? Doris hat es einmal versäumt. Sie mußte den immerhin zweihundert Mark wochenlang hinterherschreiben und -telefonieren. Doris kann das. Und sie hat Frank. Ihnen kann nichts passieren.

Frank bestellt noch zwei Kaffee. Doris mag eigentlich gar nicht mehr. Der Kaffee ist hier sehr bitter. Als sie noch gejobbt hat, haben alle vom Personal in den ersten

Morgenstunden vorsichtshalber Tee getrunken. Sie wußten, wie die große Kaffeemaschine »über Nacht« gereinigt wurde. Oder wie sie es nicht wurde. Der Nachtdienst schüttete meist viel zu viele Chemikalien hinein und ließ dazu Wasser in die Maschine laufen. Morgens wurde dann in aller Eile nur die hellbraune Brühe abgelassen und gleich darauf Kaffee gekocht. Manchmal schäumte es in den Tassen, wenn Doris sie für Gäste füllte. Aber den ganzen Kaffee wegzuschütten und neuen zu kochen wäre viel zu zeitaufwendig gewesen. Außerdem war es wie eine kleine Rache an jenen Gästen, die schon vor Beginn der eigentlichen Öffnungszeit ungeduldig an die Scheiben klopften, bis man sie endlich einließ.

Doris empfindet es als wohltuend, jetzt als Gast hier sein zu dürfen. Sie muß nicht wie damals das Trinkgeldlächeln aufsetzen. Heute ist sie es, die bezahlt und Tip gibt.

Wolfgang muß heute besonders vorsichtig sein. Er hat seine gute Hose an zum Dienst. Keine Unkonzentriertheiten. Als Kind ist es ihm manchmal passiert, daß er, ohne es zu bemerken, seine Hosenbeine mit Kugelschreiber bemalte. Oder mit dem Stift durch die Maschen seiner Strumpfhose fuhr und darin hin- und herkritzelte. Am Abend war er dann verwundert, wenn die Mutter über seine bemalten Beine schimpfte. Aber das schlimmste war, als er mit der Bastelschere einfach in die Maschen schnitt. In Sekundenschnelle vergrößerte sich das Loch. Nicht mehr zu verbergen. Das hatte er nicht gewollt.

Wolfgang ist froh, daß heute Mittwoch ist. Mittwochs ist kein Sprechtag. Kein Publikumsverkehr auf dem Amt. Ein Glück. Mittwoch bedeutet: alles in Ruhe wegarbeiten können. Keine Leute draußen auf der Bank, die mit ihren Geschichten zu ihm wollten. Keine verknitterten und verschlampten Stromrechnungen, die Wolfgang den Leuten auch noch bezahlen soll. Keine heulenden Kinder, von der Warterei schon ganz krank. Keine Eltern, die ihre Gören anbrüllen. Keine Ausländer, die sich ständig in der Tür irren, weil sie mit der Anfangsbuchstabenregelung nicht klarkommen. Wolfgang bearbeitet nur die Ks. Aber woher sollen die Ausländer das wissen, kein Deutsch, wie die können? Mittwoch. Mittwoch bedeutet auch: kein Krause, der so fertig ist mit der Welt, daß es für ihn nur noch das Sozialamt gibt. Der macht sogar seine Spaziergänge hierher. Tag für Tag. Vielleicht ist Krause aber auch schon so kaputt, daß er gar nicht mehr weiß, wann der Erste ist. Nur am Ersten gibt's Unterstützung zum Lebensunterhalt. Und um den Ersten nicht zu verpassen, kommt Krause jetzt schon jeden Tag. Aber Krause ist das geringste Übel. Das schlimmste sind die Weiber. Schwanger oder nicht schwanger. Plötzlich tauchen sie auf, weil ihnen einfällt, daß sie bei

Wolfgang Geld abkassieren können. Darauf hat sie jemand gebracht, da ist Wolfgang sicher. Die haben Macker. Die werden von ihren Mackern losgeschickt. Setzen sich stundenlang auf den Flur und betteln schließlich Wolfgang um Geld an. Unberechtigterweise natürlich. Und Wolfgang kann nichts anderes tun als zahlen, an fast jede ledige Mutter. Die heiraten alle extra nicht, um bei ihm abkassieren zu können. Aber damit macht Wolfgang jetzt Schluß. Ein für allemal. Nicht im Amt. Nein, da kommt er gegen die nicht an. Da hat er nicht die Mittel. Aber draußen ... Wolfgang weiß, wo seine Kandidaten wohnen. So manch eine von den Weibern hat er sich schon vorgenommen.

Heute ist Mittwoch. Ein Tag, den Wolfgang liebt. Krause kommt zwar trotzdem – aber der ist immer sehr nett zu Wolfgang, fragt nach seinem Geld. Wolfgang sagt, erst Anfang des Monats. Krause geht. Nicht, ohne sich vorher ordentlich zu bedanken. Krause ist das kleinste Übel.

Wolfgang schiebt sein Stullenpaket in die

große Schublade in seinem Schreibtisch. Den Pelikanstift legt er neben die Schreibtischauflage. Diesen teuren Stift hat er von Mutter bekommen, als er seinen Job hier antrat. Diesen Stift muß er immer mit nach Hause nehmen. Hier im Amt kommt alles weg, wenn Wolfgang nicht aufpaßt. Alle Büros sind durch Glastüren miteinander verbunden. Wie Zugabteile. Ständig braucht irgend jemand einen Kuli, einen Locher oder eine Schere. Das haßt Wolfgang. Immer wieder verschwinden seine Arbeitsmittel. Immer ist gerade das weg, was er braucht. Den Pelikankugelschreiber klaut ihm keiner. Den nimmt er überall mit hin.

Wolfgang nimmt sich seine Ablage vor. Er liebt es, Vorgänge abzuarbeiten. Seine Ablage hat drei Fächer. Obenauf kommen die Sachen, die sich tagsüber ansammeln und noch sortiert werden müssen. In der Mitte liegen die Dinge, die unbedingt schnell erledigt werden müssen. Und ganz unten landet das, was momentan nicht von besonderer Bedeutung ist. Oder wobei noch Unterlagen fehlen, die von seinen Kandidaten nachgereicht werden müssen. Jeden Morgen sieht Wolfgang erst einmal seine drei Stapel durch. Das liebt er. Es bedeutet: ein neuer Tag. Es bedeutet auch: Mal sehen, wieviel wir heute erledigen können.

Wolfgang zieht Papiere aus den verschiedenen Stapeln und breitet sie vor sich aus. Jetzt fängt das Arbeiten an. Heute ohne Störungen von außen. Hoffentlich klingelt das Telefon nicht so oft. Der schönste Moment für Wolfgang ist es, einen fertigen Vorgang abzulegen, abzuheften in einem Ordner, einer Akte. Und beinahe noch schöner ist es, ein Schreiben, mit seiner Unterschrift versehen, in einen Briefumschlag zu schieben und den Umschlag unwiderruflich zuzukleben. Ab damit in den Postkorb. Am liebsten würde Wolfgang die Post selbst in den Briefkasten werfen. Manchmal tut er es auch. Heimlich. Das findet er aufregend. All diese Schreiben, auf die er eine Antwort bekommt. Wolfgang bekommt jeden Tag Antwortschreiben. Und manchmal steht auch ein persönliches Wort dabei. Vielen

Dank für Ihre Mühe, oder: Mit besten Grüßen ...

Wolfgang freut sich darüber. Aber er macht sich nichts mehr vor. Er weiß genau, warum seine Kandidaten so freundlich zu ihm sind. Die wollen alle etwas von ihm, die wollen Geld. Sein Geld.

Einmal, am Anfang, ist er reingefallen, Hat sich reinlegen lassen von einer der Damen. Hat ihr auf ihren freundlichen, fast anzüglichen Brief hin ein Gedicht geschickt. Nicht von ihm selbst. Von Albert Schweitzer. Einen Aphorismus eher. Nicht einmal geantwortet hat die ihm. Hat ihn ausgelacht. Die wollen sein Geld, weiter nichts. Trotzdem. Mittwoch ist ein guter Tag. Wolfgang wünschte, man könnte in diesem Amt alles schriftlich erledigen. Es wäre viel aufregender, die Menschen, für die er hier sitzen muß, weder zu sehen noch zu hören. Nur Briefe hin und her zu schreiben ... Das wäre es. Seine Briefe versehen mit dem ausdrücklichen Verbot, sich hier jemals blicken zu lassen.

Dann könnte Wolfgang sich einfach nur vorstellen, wie wohl die Frauen aussähen, die ihm einen Antrag auf Bekleidungshilfe oder auch auf Hilfe zum Lebensunterhalt schicken. Und er würde sich ausmalen, was sie sich wirklich von seinem Geld – wenn er es denn wirklich genehmigt hat – anschaffen. Ob die Frauen sich wirklich einen Mantel für den kalten Winter kaufen. Oder Wäsche. Unterwäsche. Einmal im Jahr gibt es Geld für Unterwäsche. Von Wolfgang. Und er stellt sich vor, wie die Sachen, die die Frauen wie Doris unter ihren Pullovern und Jeans tragen, wohl aussehen, wie die BHs und Slips sein mögen, die sie sich von seinem Geld kaufen. Oft geht Wolfgang in der Mittagspause in das große Hertiekaufhaus. Dort stellt er sich an die Grabbelkiste, in der die Wäschesonderangebote liegen, und wartet darauf, daß ihm eine seiner Frauen begegnet. Mit seinem Geld. Wolfgangs Mutter hat in solchen Kisten schon die besten Schnäppchen gemacht. Hier gibt es BHs für fünf Mark und Slips, die noch billiger sind. Mutter würde nie etwas zum normalen Preis kaufen, wo man es hier doch so günstig haben kann. Überhaupt könnten die Damen von ihr so einiges lernen in punkto Sparsamkeit. Heutzutage stopft doch keine mehr was. Alles, was kaputt ist, wird ausrangiert, neu gekauft. Wolfgangs Mutter hat ihre Unterwäsche immer ausgebessert, wenn sie an manchen Stellen dünn geworden war. Auch ein neues Schlüpfergummi zog sie ein, wenn das alte ausgeleiert war. Tausende Male hat Wolfgang seine Mutter beobachtet, wie sie ihre weiße Unterwäsche auf den Stuhl neben ihrem Bett legte und dann das Nachthemd überzog. Tausende Male hat er sie so gesehen. Durch die fast geschlossenen Lider, von Vaters Bett aus. Nie hätte sie schwarze Wäsche angezogen, weil man die nicht kochen kann, und nie hätte Mutter sich mit Unterwäsche ins Bett gelegt – auch nicht mit weißer. Nachts, da muß Luft da unten ran, sagte sie immer. Auch Wolfgang darf nie die Unterhose unter dem Pyjama anbehalten.

Die Frauen von heute haben es scheinbar nicht mehr nötig, Sonderangebote aus den Grabbelkisten bei Hertie zu kaufen. Hertie ist genau neben Wolfgangs Amt. Es ist so naheliegend, das Geld, das Wolfgang gerade verteilt hat, hier sparsam einzusetzen. Nie hat Wolfgang hier eine Frau in den bunten, schwarzen oder auch weißen BHs wühlen sehen. Nie. Sooft er auch hier war.

Aber was er gesehen hat, das reicht ihm: eine seiner Kandidatinnen mit einem Kerl an der Hand. In der Kosmetikabteilung. Wolfgang wollte es nicht wahrhaben. Ein paar Momente vorher hatte die Frau ihm noch gegenübergesessen. Wie Schuppen fiel es ihm von den Augen. Dieses Weib hatte ihm mitten ins Gesicht gelogen. Von wegen kein Geld, kein Mann und schwanger, oder was weiß er! Draußen, vor dem Amt, hatte der Macker, den sie jetzt an der Hand hielt, gewartet. Und jetzt, jetzt gaben sie gemeinsam Wolfgangs Geld aus. Für Schnickschnack natürlich.

Wolfgang ging direkt auf die beiden zu. Na, die Tussi hat einen Schreck bekommen. Das vergißt die nicht. Die Kuh. Und wie sie schnell die Hand von diesem Typen losgelassen hat. Wie sie wie angewurzelt stehengeblieben sind. Und wie der Kerl nicht kapiert hat, was los ist, warum sie plötzlich so schnell raus will aus dem Hertie. Das war Wolfgang eine Freude. Das vergißt man nicht. Aber das Schlimmste kann Wolfgang sich ja denken. Nicht nur, daß die Frau zu ihm ins Sozialamt kommt. Nein, dieser Typ kassiert den Staat auch noch ab. Diese Menschen sind dreist. Die machen sich einen Bunten mit seinem Geld. Springen ins Bett und trinken Champagner oder so was ähnliches. Aber nicht mehr lange. Nicht mit ihm. Nicht mit Wolfgang.

Doris und Frank haben sich für einige Stunden getrennt. Sie haben den Vormittag einfach so vertan. Doris ist sicher, daß sie den gestrigen Abend überwunden hat. Sie will noch Einkäufe machen, Frank soll den Sohn abholen. Es ist schon wieder an der Zeit. Frank hat Doris nicht allein lassen wollen. Sie hat ihn ausgelacht. Es war doch mitten am Tag.

Für den Kleinen kauft Doris ein Telefon. Sein fünftes. Er ist verrückt nach Telefonen. Das Kind geht mit seinen Spielzeugtelefonen ins Bett. Die Telefone müssen echt aussehen. Telefone in Nilpferd- oder Käferform haben ihn noch nie interessiert. Aufgeregt plappert er in seiner unverständlichen Sprache in den Hörer. Heute findet Doris endlich ein schnurloses Telefon. Das Ganze ist nur ein Hörer mit klingenden Tasten auf der Innenseite. Sie weiß, ihr Sohn wird sich freuen und nicht mehr ansprechbar sein. Wenn sich bei den anderen Apparaten das Kabel verdrehte, schrie er regelrecht aus Verzweiflung. Manchmal befürchtet Doris, ihr Kind sei telefonkrank. Aber so eine Krankheit gibt es wohl nicht.

Langsam geht sie die riesige Straße entlang. Manchmal ertappt sie sich dabei, wie sie extra trödelt, weil sie nicht so schnell zu Hause sein möchte. Einerseits fühlt sie sich ständig gehetzt, weil sie wieder zu ihrem Kind will. Andererseits graut ihr immer vor den Stunden zu dritt in der viel zu kleinen Wohnung. Dieses Eingeengtsein macht alles schwer. Eigentlich spielt sich ihr ganzes Leben in einem einzigen Raum ab. In der Küche kann nur eine Person stehen. Das Essen muß sie immer ins Zimmer tragen. Was sie mühselig saubergemacht und aufgeräumt hat, ist in wenigen Minuten wieder in ein Chaos verwandelt. Keiner kann etwas dafür. Sie fragt sich, wer auf die Idee kam, solche Küchen zu planen in einem Land, in dem nie alle Frauen arbeiten gingen, wo also immer mittags für Kinder gekocht wurde. Warum diese Räume keinen Platz für einen großen Tisch bieten, an dem man mit der Familie essen, arbeiten und spielen kann?

Doris ist irgendwann allein in diese Wohnung gezogen. Inzwischen ist sie längst zu klein. Alle Versuche, eine neue Wohnung zu bekommen, sind an den viel zu hohen Mieten gescheitert. Wenn sie mal eine erschwingliche Wohnung in Aussicht hatten, war ihr Status als Alleinerziehende das Problem. Und wenn sie sich zur Ehe entschließen würden, wäre wiederum die Miete zu hoch, weil dann Doris' BAföG und alle anderen Zuwendungen und Ermäßigungen wegfallen würden. So bewegen sich Doris und Frank mit ihrem Kind in einem Kreislauf, der ausweglos scheint. Sie haben irgendwann einfach aufgehört, Zeitungsannoncen zu lesen und Wohnungen nachzujagen, die in dieser Großstadt vergleichsweise billig, aber für ihre Familie doch unerschwinglich sind. Sie haben beschlossen, es in dieser fünften Etage auszuhalten, bis Doris zu Ende studiert hat. Sie hoffen auf eine Zeit, in der zwei Gehälter da sein werden. Manchmal fragen sie sich besorgt, ob Doris' Gehalt dann überhaupt noch ausreichen wird für eine Miete.

Auf ihren Bummeleien nach Hause kommt es vor, daß Doris an jedem Schaufenster stehenbleibt, um den Nachmittag in der Wohnung zu verkürzen. Sie weiß ja, Frank und ihr Sohn vertreiben sich die Zeit auch ohne sie. Doris nutzt die Zeit zum Durchatmen, bevor sie zurückkehrt in die Enge. Das schlechte Gewissen begleitet sie auf ihrem Bummel.

Es ist Feierabend. Die Gehwege sind voller Menschen. An den Ampeln sammeln sich große Gruppen. Doris haßt diese Ansammlungen. Sie hält meist Abstand und geht als letzte über die Straße. Doris merkt, daß sie die Auslagen in den Fenstern heute nicht richtig wahrnimmt. Sie spürt nur die Menschen in ihrem Rükken, Gesichter, die sich undeutlich im Glas der Schaufenster spiegeln, in die sie gerade sieht. Doris geht schneller. Sie sieht nach unten. Sie will keinem fremden Blick mehr begegnen. Die Menschen kommen ihr zu nahe. Doris wird noch etwas schneller. Sie kann diese undeutliche Menge nicht ertragen. Immer wieder schert einer aus und berührt sie am Arm oder an der Schulter. Was wollen diese Menschen von ihr? Sie sollen sie nicht anfassen. Und dieser Mann, der könnte unter ihnen sein. So schnell könnte sie ihn gar nicht herausfinden aus all den Leuten. Doris wagt nicht, sich umzudrehen. Diese auf sie zukommende Masse Menschen ist nicht zu durchdringen. Doris bleibt stehen. Sie wendet sich ab, macht kehrt, läuft zur U-Bahn. Sie wird die eine Station bis nach Hause fahren. Das hat sie noch nie getan. Als die Bahn einfährt, reißt sie die Tür zum letzten Wagen auf. Sie setzt sich auf die letzte Bank, mit dem Rücken zur Wand. So kann sie alles übersehen. Der Wagen füllt sich beängstigend. Der Mann. Der Mann ist nicht dabei. Sie weiß nicht, wo er wohnt. Ob er überhaupt U-Bahn fahren muß. Sie kann ihm immer wieder, begegnen. Sie verschränkt die Arme über der Lederjacke. Doris ist schuld daran, daß dieser Mann sie kennt. Sie bereut es so. Und sie wird diesem Mann wieder begegnen.

Doris starrt aus dem Fenster. Draußen hasten Menschen vorbei, rennen auf die noch offenen U-Bahn-Türen zu. Innerlich beschwört Doris den Fahrer, endlich die Türen zu schließen. Sie will nach Hause. Sie lehnt den Kopf gegen die Scheibe und schließt kurz die Augen. Als sie wieder hinaussieht, geht gerade ein Pärchen vorbei und schaut zu ihr herein. Der Mann holt plötzlich aus und spuckt gegen das Fenster. Doris fährt zurück. Sie kennt die Menschen da draußen nicht. Die ausgerotzte Flüssigkeit läuft langsam am Fenster nach unten. Gelbe Stücke hängen in der durchsichtigen Schmiere. Doris muß immer wieder hinsehen. Erst jetzt nimmt sie wahr, daß ihr gegenüber ein Farbiger sitzt. Erst jetzt begreift sie, daß nicht sie gemeint war. Sie sieht dem Mann gegenüber in die Augen. Der lächelt matt. Doris schämt sich. Sie sieht sich um im Wagen. Niemand hat etwas bemerkt. Die Bahn ist längst angefahren. Doris muß gleich aussteigen. Sie möchte dem Mann etwas sagen. Sie weiß nicht, was. Sie weiß nicht, in welcher Sprache. Das Pärchen da draußen sah ganz normal aus. Der Schwarze sieht unentwegt nach unten. So gibt er ihr sowieso keine Chance, ihn anzusprechen. Doris sieht aus dem Fenster. Die Spucke treibt in ihre Richtung.

Wolfgang hat die Mittagspause heute im Büro verbracht. Mittwoch ist ein Tag, an dem er nicht fliehen muß vor den Leuten, die, während er am Schreibtisch seine Schnitten ißt, an die Tür klopfen, sich nicht abweisen lassen. Mittwochs kann Wolfgang bleiben und hat seine Ruhe. Seine Kollegen sind auch alle fort. Sie fragen ihn schon lange nicht mehr, ob er mit hierhin oder dorthin kommt. Sie beneiden ihn um seine Brote, das weiß er. Stopfen jeden Tag den gleichen Fraß in sich hinein da draußen irgendwo. Und so teuer. Wolfgang nimmt den Telefonhörer in die Hand. Gott, es ist schon Nachmittag. Er hat gar nicht bemerkt, wie die Stunden verflogen sind. Gut geschafft hat er aber schon. Einen ganzen Stapel weggearbeitet. Das macht ihm keiner nach. Zu seiner Rechten hat er einige Akten, die schon seit

Tagen dort liegen. Noch nicht erledigt. Auf dem Deckel hat er den jeweiligen Namen, die Adresse und die Telefonnummer notiert. Der Reihe nach wählt er die Nummern. Eine nach der anderen.

Das macht er, vom Büro aus, bei jeder sich bietenden Gelegenheit. Die sollen vor Angst nicht mehr in den Schlaf kommen, diese Weiber. Bei seinen ersten Anrufen melden die sich noch ganz fröhlich mit ihrem Namen. Denken, es habe sich jemand verwählt. Rufen ins Telefon: Wer ist denn da . . .? Aber Wolfgang schweigt. Und legt nicht auf, bevor die nicht auflegen. Daß Wolfgang der Anrufer sein könnte, vermutet keins von den Weibern. Haben ihn ja nur einmal gesehen und gesprochen. Können sich schon gar nicht mehr erinnern, daß sie ihm gegenübersaßen, ganz dicht. Ihn um Hilfe gebeten haben. Er will ihnen ja auch helfen, wenn's berechtigt ist. Aber dafür muß er sie kontrollieren. Ob nicht zufällig doch tagein, tagaus ein Macker ans Telefon geht, als wäre er bei dem Mädel zu Hause. Wolfgang ist der Betreuer. Bei dieser Doris hat er sich zu

Kontrollzwecken auch schon mal vor die Tür ihres Wohnhauses gestellt. Doris sah so nett aus, als sie ihm gegenübersaß. So nett. In ihrer Lederjacke. Als sie Geld haben wollte für ihr Kind. Viel zu teuer die Lederjacke. Da hat er sich gleich gedacht, daß etwas nicht stimmt. Es kommen nicht viele so nette Frauen aufs Amt. Kontrollieren muß er sie. Die meisten Weiber, die vor seiner Tür sitzen, stinken. Nach Qualm, nach Bier, nach Fusel. Am schlimmsten ist dieser Geruch nach Schlaf Nach gerade aus dem Bett gekrochen und nicht gewaschen und in die alten dreckigen Klamotten gestiegen, die noch vom Saufen am Abend vorher stinken. Und der nach nicht gegessen haben, sie riechen aus dem Mund nach leerem, faulem Magen. Wolfgang wünscht sich so eine Glasscheibe wie an den Schaltern bei Post oder Bank. Dann wäre alles erträglicher. Wenn er wegen irgendeiner solchen Type zum Kopierraum muß, dann sieht er schon wieder eine Menge Menschen auf dem Flur sitzen, die darauf warten, daß sie zu ihm können. Sie schauen Wolfgang erwartungsvoll an. So mit dem Blick: Ich bin der Nächste, dauert es noch lange, bis ich reindarf. Wolfgang sieht die Menschen nicht an, er sieht nicht in ihre Augen. Er grüßt nicht und will auf diesem Flur nicht gegrüßt werden. Meistens bleibt er so lange im Kopierraum, bis ein Kollege an die Maschine will. Man muß den Raum aufschließen mit einem Vierkant. Wenn ein Schlüssel in der Tür geht, verläßt Wolfgang schnell das Fenster, aus dem er immer schaut. Das Fenster geht auf einen Hof. Nicht wie das seines Büros auf die Straße, auf der die ganzen Menschen kommen, die zu ihm wollen. Wolfgang kann stundenlang aus dem Fenster zum Hof sehen. Stundenlang. Das hat er schon als Kind getan. Manchmal, wenn er längst schlafen sollte, ist er heimlich aufgestanden und hat sich unter die dunklen Vorhänge geschoben und geschaut und geschaut.

Dann war es ihm manchmal, als würde sein Vater plötzlich dort unten aus den dunklen Bäumen hervortreten und zu ihm aufschauen. Wolfgang sprang schnell zurück ins Bett und wünschte sich, daß der Vater wieder im Wald verschwinde. Für immer. Weg, weg, weg. Die Mutter sprach nie vom Vater. Nur ein Foto stand auf dem Fernseher, mit einer roten Plastiknelke, die beim Einschalten des Apparates öfter herunterfiel. Im Kopierraum kann Wolfgang auf einen menschenleeren Hof sehen. Zwei Bänke für die Angestellten. Wolfgang kann sich nicht erinnern, hier jemals jemanden sitzen gesehen zu haben. Mit dem Vierkant kann man auch auf jeder Etage im Haus aufs Klo. Die Angestellten haben ihre eigenen. Daneben sind die für die Besucher. Einmal hat einer in die Ecke geschissen. Gutgläubige meinen, es sei ein Kind gewesen, dessen Mutter zu faul war, es auf die Toilette zu setzen. Wolfgang kann sich so einen Gestank von einem Kind nicht vorstellen. Sicher ein Kandidat, der sich rächen wollte. An Wolfgang oder einem seiner Kollegen. Oder so ein schwarzer Neuankömmling, der nicht einmal weiß, was ein Klo ist. Ekelerregend. Die Putzleute waren längst weg. Keiner fühlte sich verantwortlich.

Keiner. Andererseits macht es ja eigentlich kaum einen Unterschied an Widerwärtigkeit, ob diese Leute in die Ecke scheißen oder ihm, Wolfgang, gegenübersitzen und derselbe Geruch, fein dosiert, aus ihren Sachen aufsteigt. Für so was hat Wolfgang eine Nase. Das kennt er von seinem Vater. Auch hier im Amt riechen vor allem alte Männer so. Die kommen aus ihren Unterhosen nicht raus, aus ihren vollgepißten. Die hinterlassen bei jedem Mal Pinkeln ihre Spuren und haben immer noch die ekelerregende Angewohnheit, erst sonnabends die Wäsche zu wechseln. Wolfgang war da immer penibel. Früher legte Mutter ihm den Pullover, die Hose, die Socken und die Unterwäsche für die kommende Woche hin, und er achtete ganz genau auf seine Sachen. Gefahren wie Pfützen, Tomatensoße oder frischen Pfirsichen ging er aus dem Weg. Wolfgang hat immer ordentlich ausgesehen. Und Wolfgang riecht nicht. Und ist mal etwas außer der Reihe schmutzig, kann er es jetzt jederzeit waschen.

Wolfgang wählt seine Nummern. Bei

diesen vier Frauen ruft er schon seit Wochen an. Immer wieder. Die melden sich schon lange nicht mehr mit Namen. Knallen den Hörer auf, wenn sie merken, daß er es ist. Wolfgang. Solche Angst haben die vor ihm. Er wollte ihnen helfen, und die haben ihn reingelegt. Brauchen ihn eigentlich gar nicht.

Einmal war Wolfgang tanzen. Nicht so wie heute, wo jeder für sich tanzt. Nein auf dem Dorf, auf einem Dorffest. Da hat ihn eine von weitem, von ihrem Tisch aus, immer angesehen. Förmlich mit den Augen gerufen hat sie ihn: Komm, fordere mich auf! Ich will mit dir tanzen! Wolfgang ist aufgestanden und quer durch den Saal geschritten. Zu ihr. Endlos weit. Unter den Blicken der anderen. Dieses Mädchen wollte mit ihm tanzen. Dann, als er an ihrem Tisch stand, schüttelte sie den Kopf. Kein Wort. Sah ihn nicht einmal an. Nur so mit dem Kopf. Hin und her. Wolfgang stand da. Versuchte etwas zu reden. Zeit zu gewinnen. Nicht gleich zurück den langen Weg. Über die Tanzfläche bis zu seinem Tisch. Es war so still um ihn geworden. Sahen nicht alle zu ihm her? Zu ihm, Wolfgang?

Wolfgang wählt die letzte Nummer für heute. Diese Doris kann sich sogar einen Anrufbeantworter leisten. Oder hat sie sich das Ding seinetwegen gekauft? Das wäre lustig. Von seinem Geld. Damit sie seinen Atem nicht mehr hören muß. Wolfgang muß lachen. Seine Anrufe kann er ihr leider nicht ersparen. Er hat sogar schon aufs Tonband gesprochen. Macht ihm gar nichts aus. Ihm nicht.

Wolfgang blättert in Doris' Akte. Als er sie damals fragte, ob der Erzeuger des Kindes bekannt oder unbekannt sei, hat sie verdächtig schnell geantwortet, daß sie den Vater kenne und da keine Probleme zu erwarten seien. Das war Wolfgang sympathisch. Das hat er nicht oft. Es gibt ja auch Frauen, die können nicht einmal den Namen des Mannes angeben, mit dem sie im Bett waren, von dem sie sich ein Balg haben andrehen lassen. Nicht, daß sie nicht wollen – das gibt es auch –, nein, es gibt welche, die können wirklich nicht sagen, wer es war. Und dann, dann bezahlt das Sozialamt auch noch die Alimente. Bitte sehr. Irgendwie findet Wolfgang das alles viehisch. Bei den meisten Menschen geht es zu wie bei den Tieren. Das paßt doch alles gar nicht mehr in diese Zeit. Das Kindermachen. Und das Gebären schon gar nicht. Das hat doch alles was Blutiges, Viehisches. Der Mensch heute erinnert doch gar nicht mehr an solche primitiven, natürlichen Vorgänge. Der Mensch ist angezogen und duftet. Keiner denkt bei einem gepflegten Gegenüber noch daran, daß derjenige auch pinkeln und scheißen muß. Daß das noch so funktioniert. Unvorstellbar. Und noch ekelhafter, daß der Mensch immer noch unter Schreien und mit viel Blut Kinder zur Welt bringt. Verbieten müßte man das. Den meisten.

Diese Doris hatte von nichts eine Ahnung. Von nichts. Gleich hat sie die Adresse vom Vater des Kindes aufgesagt. Ohne zu überlegen. Überhaupt hat sie auf alle Fragen ganz nett und aufrichtig geantwortet. Aber Wolfgang macht sich nichts vor, auch Doris will ihn reinlegen. Entweder hat sie den Macker noch, oder sie hat einen anderen. Jedenfalls geht es der nicht schlecht. Die lebt doch nicht allein. Die braucht Wolfgangs Geld nicht.

Ein Kaliber schärfer als diese Doris sind ja die Frauen, die anschaffen. Die kommen am Tag in sein Amt, und nachts verdienen sie sich Kohle dazu. So wie die neulich, die aus der Zeitung. Die nachts und auch sonst ihre beiden Kinder allein gelassen hat. Fünf und ein Jahr alt. Die Polizei hat die Wohnung aufgebrochen. So was hatte man wohl noch nicht gesehen. Zwanzig Zentimeter hoch muß die Scheiße gestanden haben. Die Kinder waren nackt. Und halb verhungert. Überall Glasscherben. Und Ungeziefer hatte sich in die kleinen Köpfe gefressen. Von der Mutter keine Spur. Die hat sich bis heute nicht in dem Krankenhaus gemeldet, in dem die Kinder liegen. Die ist froh, daß die Gören weg sind. Froh ist die. Kann sie sich mal richtig ausschlafen in ihrer Scheiße. Die Kinder haben wohl Tag und Nacht geweint. Das wußten die hier auf dem Amt. Die Leute aus dem Haus haben sich doch beschwert. Aber die Polizei ist erst in die Wohnung, als das Wasser schon in die unteren Etagen durchlief. Erst dann ist die Polizei rein. Immer erst, wenn etwas passiert. Der Kleine hat wohl noch im rechten Moment die Hähne aufgedreht. Das hat er richtig gemacht. Das nennt man Instinkt, nennt man das. In der Zeitung hat ja nur gestanden, daß die Mutter nachts immer arbeiten war. Das sagt doch schon alles. Tagelang haben die Kinder gewimmert. Unerträglich war das für die Leute im Haus. Sozialhilfe hat das Weib doch bekommen. Aber die Kinder die mußten Scheiße fressen. Wolfgang weiß auch, wer der Sachbearbeiter der Frau war. Mit K hat ihr Name ja zum Glück nicht angefangen. Zum Glück für die Frau. Eine Schande ist das. Wolfgangs Kollege hätte diese Schlampe kontrollieren müssen! Die Wohnung ist doch nicht weit weg vom Amt. Zu Fuß kann man da hingehen. Die Kinder, ein Jammer ist das. Die liegen im Krankenhaus, und die Alte meldet sich nicht. Und wenn sie sich meldet, das weiß Wolfgang, dann kriegt sie ihre Kinder wieder, und das ganze Theater geht von vorn los.

Der Bodensatz ist einkalkuliert. So heißt das wohl in der Fachsprache. Kinder, die durchs Netz fallen, sind bei den sogenannten Fachleuten eingeplant. Normal. Die Diskussion, ob ein asoziales Elternhaus besser sei für ein Kind als eine Einweisung ins Heim, scheint beendet. Die Kinder sollen so lange zu Hause bleiben, wie es nur geht. Bis etwas passiert eben.

Guckt Wolfgang sich die ganzen mißbrauchten Kinder an, fragt er sich: Woher soll denn eine Vierjährige wissen, daß es nicht recht ist, was ihr Vater da von ihr verlangt? Woher soll ein Kind denn überhaupt wissen, was Sex ist? Und daß das das einzige zu sein scheint, was ein Erwachsener nicht mit einem Kind anstellen darf? Für das Kind hat der Vater zum Beispiel doch immer recht. Verprügeln darf er es schließlich auch. Und noch mehr Unannehmlichkeiten, gegen die ein Kind sich am liebsten wehren würde, muß eine

Vierjährige über sich ergehen lassen. Dabei wird den Kindern eingeredet, daß das alles zu ihrem Besten sei. Daß man es nur gut mit ihnen meine. Schmerzhafte Behandlungen beim Arzt zum Beispiel. Woher soll ein Kind wissen, wann es sich wehren soll und wann nicht? Was Mißbrauch überhaupt ist? Wie soll es vorhersehen, was passiert, wenn es sich sträubt? Und woher soll ein kleines Kind wissen, daß anderen Kindern nicht widerfährt, was bei ihm Alltag ist?

Wenn Wolfgang gefragt würde, dann würde er dafür sorgen, daß alles anders wird. Er würde bestimmten Leuten das Kinderkriegen verbieten. Allen Kandidaten, die zu ihm ins Amt kommen, sowieso. Aber ihn fragt ja keiner. Die vermehren sich doch wie die Viecher. Sterilisieren lassen. Fast alle. Und für den Rest eine Eignungsprüfung einführen, bevor sie sich fortpflanzen dürfen.

Wolfgang ist nie von seiner Mutter allein gelassen worden. Als Vater dann tot war, schon gar nicht mehr. Als Wolfgang ein Baby war, sind die Eltern ein paarmal ausgegangen. Das hat die Mutter ihm erzählt und wie sie ihn dann im Kinderbett festgebunden haben, damit er sich nicht aufrichten kann oder gar herausfällt. Mit einer Stoffwindel haben sie seine Arme an den Gitterstäben festgemacht. Daran kann Wolfgang sich aber nicht erinnern. Er soll es sich einfach gefallen lassen haben. Es hat ihm nicht weh getan. Seine Eltern sind immer wiedergekommen. Ihm hat es nie an etwas gefehlt. Nie.

Wolfgang wählt Doris' Nummer. Was soll das denn? Was ist das für ein Geräusch? Jetzt ist auch noch der Hörer von dieser Schlampe runtergefallen. Was ist denn da los? Jetzt hört er eine Männerstimme. Ach nein, schau mal an. Da haben wir ihn doch. »Ja, bitte. Tut mir leid, der Kleine hat den Hörer zuerst abgenommen.«

Was heißt denn hier: »Ja, bitte«?

Wolfgang möchte Namen hören. Namen!

»Sie wissen vielleicht nicht, mit wem Sie sprechen. Ich bin von Amts wegen zuständig für Frau Klinger und ihr Kind . . .«

Auf der anderen Seite herrscht Ruhe. Das hat Wolfgang sich gedacht. Jetzt kommt der Typ ins Schleudern.

»Frau Klinger ist nicht da. Ich passe nur auf den Kleinen auf. Ich kann Ihnen leider nicht weiterhelfen.«

Wolfgang lächelt.

»Und wie Sie mir helfen. Wie war doch Ihr werter Name?«

Das Kind in Doris' Wohnung schreit. Es will unbedingt das Telefon haben.

Der Mann in Doris' Wohnung redet auf das Kind ein. Auf die Frage von Wolfgang antwortet er einfach nicht.

»Sie hören, ich muß Schluß machen. Der Kleine ... Ich werde Frau Klinger ausrichten, daß Sie angerufen haben. Ausrichten werde ich es.« Und legt auf.

Wolfgang hält noch lange den Hörer in der Hand. Diese Doris ist doch frecher, als er dachte. Babysitten ... Daß er nicht lacht. Babysitter. Da möchte er mal Mäuschen spielen. Aber das könnte denen so passen. Diese Doris, die schnappt er sich ganz allein. Er wird sie schon kriegen. So wie gestern. Die holt er sich.

Wolfgang schlägt Doris' Akte auf. Dieser Vater des Kindes hat eine Adresse in einem ganz anderen Stadtteil. »Bei Weinert«, in einer Straße in einem Gebiet, für das Wolfgang nicht zuständig ist. Aber er ist für Doris zuständig. Und er hätte ihr beinahe geglaubt. Nur die teure Lederjacke. Das nimmt er Doris nicht ab, daß die sich allein finanziert – und durch ihn, Wolfgang, natürlich. Vielleicht jobbt sie. Aber die darf nur fünfhundert Mark dazuverdienen. Für die Jacke hat die glatt einen Tausender bezahlt. Von so einer Jacke kann einer wie Wolfgang nur träumen. Das machen die Macker alle so. Melden sich woanders an und wohnen längst bei ihren Weibern. Und die Weiber tun so, als wären sie »alleinerziehend mit Kind«. Die Macker verdienen ordentlich. So wie dieser hier, der Kerl von Doris, immerhin ist der an der Staatsoper. Oder die Macker kassieren selbst beim Sozialamt ab. Und nicht nur das. Nein, auch Wohngeld stekken die ein, Kindergeldzuschuß und was es sonst noch so gibt. Man muß sich mal vorstellen, was da zusammenkommt. Das muß man erst einmal verdienen. Dafür muß Wolfgang hier den ganzen Tag sitzen. Jeden Tag im Monat. Das ganze Jahr, und was weiß er, wie viele Jahre noch, und diese Typen, die kassieren fürs Nichtstun ab. Das darf man sich nicht gefallen lassen. Wolfgang macht da schon lange nicht mehr mit. Aber ungerecht will er auch nicht sein. Das war er noch nie. Er wird heute abend zu dieser Adresse fahren, die Doris von ihrem Macker angegeben hat, und nachsehen. Vielleicht wohnt dieser Frank ja tatsächlich dort. Vielleicht helfen sie einander ja wirklich nur ab und zu. Vielleicht hat er schon eine neue Freundin. Vielleicht ist »bei Weinert« ja schon die nächste, die dieser Typ geschwängert hat. Unehelich. Vielleicht. Vielleicht auch nicht. Wolfgang könnte auch zur Oper fahren und sich dort ein paar Informationen holen über diesen Kerl. Bei der Gelegenheit gleich ein paar von diesen halben Hähnen ansehen. Wie sie herumhüpfen auf der Bühne in ihren engen Hosen. Obwohl, das sind ja die vom Ballett. Aber das Gekreische von den

Opernsängern kann Wolfgang auch nicht leiden. Das tut ihm regelrecht in den Ohren weh. Wolfgang war noch nie in so einem Opernklotz drin, und das muß er sich, ehrlich gesagt, auch nicht antun.

Wolfgang hat seit kurzem einen VW Passat. Den hat er unglaublich günstig bei einem Händler gekauft. Erst war seine Mutter dagegen. Aber dann hat sie doch etwas dazugezahlt. Schließlich ist Wolfgang jetzt nachts, wenn sie wieder mal einen Zuckerschock hat, schneller bei ihr. Und am Wochenende kann er noch ein paar Einkäufe für sie machen. Zum Beispiel bestellt sie sich immer den Portwein von Aldi. Nirgends ist der so gut und so günstig. Damit muß Wolfgang sich jetzt nicht mehr abschleppen. Außerdem ist die Reinigung an seiner Ecke günstiger als die in Mutters Straße. Es kommt zwar selten vor, daß sie sich diesen Luxus leistet, aber zwei, drei Blusen hat sie schon, die man nicht waschen kann, und den Mantel, den Wintermantel kann sie ja nun beim besten Willen nicht in die Waschmaschine stecken. In Wolfgangs Passat paßt das alles bequem rein. VW baut solide und groß. Auch wenn Wolfgang mal eine Familie gründen sollte, werden alle genug Platz darin haben. Wolfgang bekommt Haß, wenn er zur Feierabendzeit durch die Stadt fahren muß. Aber er wird jetzt die Adresse von dem Macker von dieser Doris überprüfen. Das muß sein. Nicht unnötig aufschieben das Ganze. Die Doris soll ja nicht denken, sie kommt ungeschoren davon. Die nicht.

Diesen Stadtteil findet Wolfgang eigenartig. Schlimm. Hier könnte er beim besten Willen nicht leben. Alles ist chaotisch. Am schlimmsten sind die Menschen. Diese bunt und schlampig angezogenen Typen, oder die ganz in Schwarz, die meistens an einer bestimmten Ecke herumlungern. Hier möchte Wolfgang nicht auf dem Amt arbeiten. Beim besten Willen nicht, da lobt er sich seinen Zuständigkeitsbereich. In der Gegend hier müßte er wahrscheinlich im Büro mit ansehen, wie eine dieser schwangeren Tussen mit roten Haaren ihren ekelerregenden Schäferhund abküßt. Und er, Wolfgang, müßte das vielleicht noch lustig finden. Also hier würde er verrückt werden. Den Überblick würde er verlieren. Absolut.

Wolfgang nimmt den Stadtplan aus seinem Handschuhfach. Ein paar nette grüne Seitenstraßen gibt es hier allerdings auch noch. Und die Mieten sind wahrscheinlich noch erschwinglich. Aber Wolfgang kann sich auch nicht beklagen. Er legt jeden Monat eine Menge Geld weg. Er hat sich finanziell gut eingepegelt. Wenn er mal eine Frau kennenlernen sollte, der kann er etwas bieten. Und bauen könnten sie auch. Einen Bausparvertrag hat er, seit er im Amt ist. Wolfgang sorgt vor. Nicht wie seine Kollegen. Die schmeißen doch, die meisten jedenfalls, ihr Geld zum Fenster raus. Und was bleibt ihnen? Ein paar Flaschen Bier am Wochenende können sie sich leisten, weiter nichts. Wolfgang hat schon immer besser gelebt. Aber einer aus dem Amt war ein ganz Schlauer. In gewisser Weise jedenfalls. Der hat über eine Million Mark ertrickst. Über eine Million! Über Jahre hat er das gemacht. Hat keiner bemerkt. Ist keine Leistung. Das könnte

Wolfgang auch, würde er aber nie tun. Na, jedenfalls ist der Kollege aufgeflogen. Und warum? Weil er sich zu blöd angestellt hat. Der hat doch das Geld glatt an Obdachlose weitergegeben. Nicht alles. Aber einen großen Teil. Er selbst hat nur zweihunderttausend Mark behalten. So was Blödes! Gibt den Pennern Geld und fliegt dadurch auf. »Helfersyndrom« haben die das in der Zeitung genannt. Helfersyndrom. Da kann Wolfgang wirklich nur lachen. Das hat der nun davon, der Kollege. Fünf Jahre kriegt der. Mindestens.

Wolfgang hält vor einem großen alten Backsteinhaus. In einer Sackgasse. Eine Ruhe ist das hier! Kaum zu glauben, daß es in dieser Gegend so ruhig sein kann. Unter den Bäumen sind überall Fahrräder angeschlossen. Im Flur sind auch welche ans Treppengeländer gekettet. Daran erkennt man doch gleich wieder, wo man ist. Wolfgang sieht auf die Namensschilder. »Weinert.« Wunderbar. Wolfgang klingelt. Er hört jemanden herbeieilen. Ein Mann in seinem Alter reißt die Tür auf, verharrt einen Moment und schlägt dann die Hand vor den Mund.

»Huch, wer sind Sie denn? Mit Ihnen habe ich nicht gerechnet.«

Wolfgang fragt, ob er dieser Frank sei. Der junge Mann streicht sich über die Halbglatze. Aufgeregt erzählt er sofort, daß Frank nicht da sei. Frank wohne zwar hier, sei aber nicht da ... Ob Wolfgang vielleicht vom Jugendamt sei? Wolfgang verzieht keine Miene.

»Ja, vom Amt. Wegen der Kontrolle.«

Er geht an Weinert vorbei in die Wohnung. So was hat er noch nicht gesehen. Fast alles in Weiß eingerichtet. Überall stehen Blumen. Eine Schwuchtel ist das, der Weinert. Weinert ist ein halber Hahn ...

Die Wohnung ist klein, und es steht nur ein einziges Bett darin. Über dem Bett hängt ein Poster von Marylin Monroe. Na ja. Die findet Wolfgang auch ganz gut. Weinert hat sich auf das weiße Ledersofa fallen lassen. Seine Glatze schwitzt. Wolfgang setzt zum Verhör an. »Wo kann ich denn diesen Herrn Frank nun finden?«

Weinert sieht zur Seite.

»Na ja, in der Oper oder so. Arbeiten wird er. Der arbeitet ganz bestimmt. Hat er mir heute gesagt, ja.«

Weinert sieht auf die Uhr.

»Fängt ja bald an die Schicht.«

Wolfgang geht im Zimmer auf und ab.

»Oder wohnt der gar nicht hier? Wohnt der vielleicht bei seiner Freundin? Und seinem Kind?«

Weinert sieht auf.

»Frank wohnt hier. Steht sogar in seinem Ausweis. Können Sie ja nachsehen. Und wenn er ab und zu bei Doris ist und ihr hilft . . . Wer soll da schon was dagegen haben? Wer?«

Wolfgang setzt sich dem Mann gegenüber.

»Ich zum Beispiel. Weil hier kein Platz ist für Ihren Freund. Oder schlafen Sie zusammen in diesem Bett da? Und warum steht nur ein Name an der Tür, wenn er doch hier wohnt, Ihr Freund Frank?«

Weinert antwortet nicht mehr. Lächelnd verläßt Wolfgang die Wohnung.

Es ist nach siebzehn Uhr. Wenn der

Weinert, oder soll er sagen: die Weinert, nicht gelogen hat, arbeitet dieser heute in der Oper. Und Doris ist heute abend allein.

MITTWOCH, AM ABEND

Hastig schließt Doris die Haustür auf. Jetzt hat sie es doch eilig, zu ihrem Sohn und zu Frank zu kommen. Viel zuviel Zeit hat sie wieder vertrödelt. Für sich. Sie hastet die Treppen hinauf. Als sie vor drei Jahren hier einzog, mußte sie in der ersten Zeit bei diesen vielen Stufen mehrere Pausen machen. Dann schaffte sie sogar während der Schwangerschaft alle Stufen in einem Zug. Zur Zeit ist sie allerdings froh, wenn Frank das Kind hochschleppt. Der Kleine haßt die nicht enden wollenden Treppen in diesem dunklen Flur. Doris ist jedesmal schweißgebadet, wenn sie das Kind endlich in der Wohnung hat. Es gebärdet sich auf ihrem Arm, als wolle es unbedingt auf die rotbraun gebohnerten und im Winter meist nassen Stufen fallen.

Durch die Laubengänge wehen im Winter Regen und Schnee. Man muß ständig damit rechnen auszurutschen. Völlig absurd findet Doris, daß in so einem Haus einmal die Woche gewischt und gebohnert wird. Von Ausländern. Deren Bezahlung wird auf die Miete draufgeschlagen. Daß vielleicht ein heller Anstrich oder ein paar funktionierende Lampen sinnvoller wären, scheint niemanden zu interessieren. Manchmal, wenn Doris jemanden zum erstenmal zu Besuch erwartet, ertappt sie sich dabei, wie sie sich wegen dieses Hauses schämt. Sie warnt ihre Besucher wegen des häßlichen Treppenhauses vor. Damit die Leute nicht gleich wieder umkehren, so schrecklich, wie der erste Eindruck ist. Sie kann sich genau erinnern, wie sie sich die Wohnung angesehen hat, damals. Wie sie sich sicher war, noch beim Treppensteigen hinauf zur Besichtigung sicher war, daß sie hier niemals einziehen würde. Nie. Es kam ihr vor, als könne ihr hinter jedem Absatz jemand auflauern. Aber dann, als Doris die Wohnung im fünften Stock betrat, brauchte sie sich die Räume nur frisch und weiß renoviert vorzustellen: Und die Wohnung war schön. Und sie war billig.

In der dritten Etage zerrt Doris das Telefon für ihren Sohn aus der Tasche. Plötzlich hört sie Schritte im Laubengang. Auf diesem Steinfußboden hört man auch noch nachts, von seiner Wohnung aus, Menschen kommen und gehen. Da kommt ihr der Mann entgegen, den sie immer in Verdacht hatte, der Anrufer zu sein. Auf ihr Tonband zu sprechen und in ihren Hörer zu stöhnen. Er geht ohne Gruß an ihr vorbei. Sie bemerkt, wie der Mann verweilt. Sicher versucht er, ihr durchs Treppengeländer nachzusehen, wie sie weiter nach oben geht. Doris drückt sich an der Wand entlang. Sie ist froh, daß sie keine Röcke trägt. Nur das nicht, jemand, der ihr nachschaut, dessen Blicken auf ihren Körper sie nicht ausweichen kann und der sie verfolgt mit seinen Augen bis in ihre Wohnung. Nur das nicht. Doris schüttelt den Kopf. Ist sie denn jetzt ganz verrückt geworden? Was hat der arme Mann ihr nur getan? Nichts. Das weiß sie. Nichts. Sie weiß doch jetzt, wer das am Telefon immer war. Darauf wäre sie nie gekommen. Wen hatte sie alles im Verdacht? Sogar eine Fangschaltung hatten Frank und sie in Betracht gezogen. Aber die Polizisten sprachen von Kosten und davon, daß Täter, die anrufen, auf diese Weise immer wieder ans Telefon gehen und Frauen belästigen, nichts weiter tun als eben genau das – telefonieren. Es bestehe keine Gefahr. Hunde die bellen, beißen nicht. Doris ist froh, daß sie damals von einer Fangschaltung Abstand genommen haben. Dann wäre alles herausgekommen. Daß es *dieser* Mann ist, das hätte sie nie gedacht. Dieser Mann. Das nimmt ihr doch keiner ab. Frank und Doris haben alles besprochen.

Sie werden nichts gegen ihn unternehmen. Es würde alles noch viel schlimmer machen. Bloß das nicht. Nach der Sache von gestern wird er schon Ruhe geben. Und eigentlich ist doch gar nichts passiert.

Als Doris an die Tür klopft, freut sie sich auf ihre beiden Menschen dort in der Wohnung. Für Frank würde sie sich wieder entscheiden. Ihr sind vor ihm mehrere Männer begegnet, bei keinem hätte sie bleiben wollen. Doris hätte nie geglaubt, mit einem Menschen Tag für Tag so beengt und ohne Auseinandersetzungen wohnen zu können. Es fehlt ihnen keine Nacht in ihren drei gemeinsamen Jahren. Vor Frank hat sie es genossen, allein zu leben. Jetzt kann sie sich kaum noch daran erinnern, was für ein Gefühl das war und warum es so schön war. Doris hält das Spielzeugtelefon hinter den Rücken. Sie hört, wie der Kleine im Flur immer wieder ihren Namen nennt. Es dauert unerträglich lange, bis Frank endlich öffnet. Mit einem zärtlichen Redeschwall dringt Doris in die Wohnung ein.

Ihr Sohn verschwindet mit seinem neuen Spielzeug und ist nicht mehr ansprechbar. Doris hängt lächelnd ihre Lederjacke an den Haken im Flur. Frank steht neben ihr, als warte er auf etwas. Doris umarmt ihn kurz. Obwohl er von seiner Arbeit an der Oper viel mehr zu berichten haben müßte, ist es meist Doris, die die Geschichten erzählt, die sie am Tag erlebt hat. Und als sie ihm beschreibt, wie jemand an das U-Bahn-Fenster gespuckt hat und den Farbigen ihr gegenüber meinte, sagt Frank, wieder lächelnd:

»Du solltest, wenn du fertig bist mit der Studiererei, bei uns an der Oper anfangen. Da merkst du nichts mehr von der Außenwelt. Da kann man sich so richtig was vorgaukeln. Und wenn du dann noch die Nachrichten im Fernsehen wegläßt, so wie die meisten Kollegen, kannst du dir gar nicht mehr vorstellen, daß es zum Beispiel einen Krieg in Jugoslawien gibt. Ganz in unserer Nähe. Oder daß nur drei Kilometer weiter Nutten auf dem Kiez stehen, in der Kälte, oder Leute unter der Brücke pennen. An der Oper, da können sich alle so richtig was vormachen, sich gegenseitig die Taschen vollhauen, wie wichtig und unentbehrlich sie sind, wie bedeutend das alles ist, was wir dort so machen.«

Doris lacht.

»Und dann heiraten wir endlich.«

Doris weiß selbst, daß sie immer mehr von ihrer Distanz verliert. Daß sie sich nicht mehr beruhigen kann über Schreckliches, das andere nicht einmal wahrzunehmen scheinen. Um sich vor den Schmerzen zu schützen, die ihr das Leid anderer zufügt, das sie so am Rande, ganz nebenbei und völlig unerwartet, erlebt, hat sie sich angewöhnt, ständig die Polizei anzurufen. Angefangen hat das, als sie eine Sinti- oder Romafrau (so genau kennt sie sich da auch nicht aus) mit ihrem Säugling auf einer Brücke sitzen sah. Die Frau saß da und bettelte. Das Kind lag apathisch in ihrem Arm. Es war kalt. Der Säugling hatte nur einen dreckigen rosa Strampler an. Plötzlich fing er an zu schreien und erbrach sich. Er schrie vor Schmerzen und übergab sich immer wieder. Nicht so, wie Säuglinge sich übergeben, wenn sie zuviel getrunken haben. Nein, Krämpfe waren das. Von den Menschen, die über die Brücke eilten, nahmen nur wenige mit einem kurzen Blick Notiz davon. Doris konnte nicht wegsehen. Angewidert legte die Mutter das Kind auf den Gehweg und setzte sich ein Stück weiter. Mit dem kleinen Pappschild, auf dem ihr Betteltext geschrieben stand, kratzte sie das Erbrochene zur Seite. Das Kind lag mit dem Rücken auf den Steinen. Es erbrach sich weiter. Doris konnte nicht hingehen. Sie lief zur Telefonzelle. Der Mann vom Roten Kreuz erzählte ihr lange Geschichten über die Betteltaktiken dieser Frauen. Doris wollte das alles nicht hören. Schlafmittel, Alkohol, um die Kinder ruhigzustellen. Alles, um mehr Geld erbetteln zu können. Doris hatte das schon hundertmal gehört. Es mußte doch eine Möglichkeit geben, dem Kind zu helfen. Warum ziehen die da ihre Kinder mit hinein? Warum läßt man das zu? Wer ist man? Der Mann vom Roten Kreuz erzählte ihr noch mehr Geschichten und sagte schließlich, daß höchstens die Polizei was machen könne. Die jagen die Frau von der Brücke. Betteln ist verboten. Dann geht die Frau nach Hause. Nach Hause … Haben die denn ein Zuhause? Haben sie. Doris wollte nicht mit ansehen, wie die Polizei die Frau vertreibt. Und was geschieht mit dem kranken Kind? Trotzdem war sie froh, wenigstens etwas getan zu haben. Frank hat damals den Kopf geschüttelt, als Doris ihm das erzählte. Morgen sitzt die Frau wieder da und bettelt, sagte er. Mit dem Kind. Du wirst sehen.

Doris weiß es selbst. Doch in ihrer Hilflosigkeit fällt ihr nichts weiter ein, als 110 zu wählen. Neulich, als jemand vor ihrer Haustür seine Frau verprügelte und das Kind in der Karre weinend zusehen mußte, hat sie auch die Polizei gerufen.

Frank hört ihr zu. Er wird ihr nichts über den Anruf vorhin erzählen. Doch er wird sie bitten, nicht mehr aus der Wohnung zu gehen. Heute. Nicht mehr auf den Wäscheboden. Er muß sich etwas überlegen. Wie er diesem Spuk ein Ende macht. Daß dieser Mann es wagt, noch einmal hier anzurufen nach dem gestrigen Abend ...

Als Frank seine Jacke anzieht, setzt sich Doris zu ihrem Kind auf den Teppich. Der Kleine läßt sich nicht stören. Drückt unentwegt auf die fiependen Tasten an seinem neuen Telefon und lauscht hoffnungsvoll am Hörer. Beim Gehen gibt

Frank Doris durch Zeichen zu verstehen, daß das »richtige« Telefon im Schrank sei. Sie brauche es ja nicht herauszuholen, es rufe heute bestimmt keiner mehr an, und ihr Sohn werde sie sowieso nicht in Ruhe telefonieren lassen. Daß Frank den Apparat ganz leise gestellt hat, sagt er ihr nicht. Doris lächelt matt. Hoffentlich, denkt sie, keine Anrufe mehr. Nie mehr die Stimme von diesem Mann.

Wolfgang steht ganz in der Nähe von Doris' Haus. Er hätte beinahe schon bei ihr geklingelt, da kam ihm die Idee, doch lieber auf Nummer Sicher zu gehen und vorher in der Oper anzurufen. Er muß sich vergewissern, daß dieser Frank heute abend wirklich Dienst hat. Wolfgang tut, als müsse er ihn sprechen. Als er hört, daß Frank über ein Mikrofon ans Telefon gerufen wird, legt er schnell auf.

Wolfgang sucht auf der Klingeltafel nach Doris' Namen. Eine Frau stellt eine schwere Einkaufstasche neben ihm ab.

»Wollen Sie mit rein?«

Die Frau lehnt sich mit dem Rücken gegen die Tür, bis Wolfgang an ihr vorbeigegangen ist. »Danke, ich will nämlich zu Frau . . .«

Die Frau geht langsam hinter Wolfgang her. »Hier kennt keiner den anderen. Aber eins sage ich Ihnen gleich: Einen Fahrstuhl gibt es hier nicht . . .«

Wolfgang läßt die Frau an sich vorbei auf die Treppe. Im Gang stehen mehrere Gestelle von Kinderwagen. Einer ist noch komplett, mit Oberteil. Es riecht nach Urin. Wolfgang würde hier nichts abstellen. Da pissen einem glatt noch die Hunde in den Kinderwagen. Ekelhaft. Langsam steigt er die Stufen hinauf. Das Treppenhaus ist nur schwach beleuchtet. Eine Weile lauscht er an Doris' Tür. Er hört ein Kind in einer ihm unverständlichen Sprache plappern. Dann geht er an den anderen Wohnungstüren in der fünften Etage entlang und lauscht. Zurück vor Doris' Tür, klopft er dreimal. Doris öffnet sofort. So klopft ihre Nachbarin immer.

Wolfgang lächelt. Doris weicht einen Moment zurück. Dann faßt sie nach der Tür, als wolle sie sie gleich wieder schließen.

Wolfgang wird ernst.

»Ich muß Ihnen wohl nicht sagen, wer ich bin. Mit wem Sie es zu tun haben. Wegen der Kontrolle bin ich hier.«

Doris hört, daß ihr Sohn angekrabbelt kommt. »Bitte gehen Sie. Ich habe keine Zeit . . . Ich schreie um Hilfe.«

Wolfgang stellt seinen Fuß in die Tür. Doris drückt einmal kurz und vergeblich dagegen. Dann sieht sie, wie Wolfgang an ihr vorbei in die Wohnung tritt.

Doris nimmt ihr Kind auf den Arm. Der Junge betrachtet den Mann neugierig. Wolfgang kneift ihn in die Wange. Dann blickt er sich in der Wohnung um. Doris sieht die Telefonschnur im Schrank verschwinden. Ihr Kind würde sie sowieso nicht unbemerkt das Telefon hervorholen und anrufen lassen. Der Junge will von ihrem Arm.

Wolfgang setzt sich im Wohnzimmer auf einen Stuhl. Interessiert registriert er, daß Doris einen teureren Plattenspieler hat als er. Und überhaupt sind die Sachen in dieser Wohnung nicht gerade billig. Und das Bett. Na bitte. Ein Bett für zwei. Genauso hat Wolfgang sich das doch gedacht. Wenn er sich vorstellt, daß Doris es Nacht für Nacht mit diesem Typen da treibt! Und er, Wolfgang, hat ihnen das

Bett vielleicht noch mitfinanziert ... Der Kleine kommt mit seinem neuen Telefon zu Wolfgang gekrabbelt. Dann zieht er sich an dessen Beinen hoch und legt ihm das Telefon auf den Schoß. Wolfgang läßt es geschehen und weiß nicht, was er mit dem Spielzeug machen soll. Der Junge beobachtet erwartungsvoll, was der Mann tun wird. Wolfgang lächelt und hält sich den Hörer ans Ohr. Das Kind freut sich. Doris lehnt im Türrahmen. Wolfgang legt plötzlich den Hörer beiseite. Er erhebt sich. Das Kind fällt dabei um, spielt aber sofort weiter mit seinem Telefon. Wolfgang geht quer durchs Zimmer. »Sie gehören zu meinen Schützlingen, Frau Klinger. Das wissen Sie. Ich bin für Sie zuständig. Auch dafür, wie Sie leben und was Sie mit meinem Geld machen.«

Doris setzt sich auf die Bettkante. Mit ihrer Fußspitze kratzt sie auf dem Teppich herum. Sie steht wieder auf. Den Teppich müßten sie mal reinigen. So viele Flecken, wie ihr Kind durch Umkippen von Tassen in letzter Zeit da hineingemacht hat. Doris ertappt sich wieder dabei, daß sie nicht richtig zuhört. Sie hört diesen Mann nicht. Seine Worte.

Ihre Gedanken. Schon als Kind passierte es ihr, daß sie die Moralpredigt der Eltern oder des Lehrers nicht wahrnahm. Damals flüsterte sie ihre geheime Zauberformel vor sich hin und wünschte sich damit weg. Das machte die Sache noch schlimmer.

Doris hört den Mann, der in ihrem Zimmer sitzt und redet, nicht.

Sie weiß noch, wie ihre Freundin ihr riet, auf jeden Fall zum Sozialamt zu gehen. Unbedingt alles ausnutzen solle sie, damit sie endlich leben könnten, wie sie und Frank es gern wollten. Frank verdiene doch nichts als Techniker an der Oper. Jedenfalls für drei zuwenig. Das reiche doch niemals. Wenn Doris weiterstudieren wolle, bräuchten sie alle möglichen Zuschüsse. Und bloß jetzt nicht heiraten! Das riet die Freundin auch. Heiraten sei in finanzieller Hinsicht der gröbste Fehler. Alleinerziehende Studentin mit Kind. Das sei genau das richtige. Würden Doris und Frank heiraten, könne Doris nur noch zu

Hause bleiben. Eine Tagesmutter koste immerhin auch schon mehr als fünfhundert Mark. Doris will nicht zu Hause bleiben, sie wird verrückt, wenn sie den ganzen Tag nur mit dem Kind reden sollte. Doris und Frank haben lange überlegt. Manchmal sind sie traurig über ihre Entscheidung gegen eine Heirat. Frank ist der erste Mann, den Doris sofort heiraten würde. Sie wird nie verstehen, daß der Staat Paaren wie ihnen das Heiraten finanziell so schwermacht. Und dann wird sich öffentlich über die wachsenden Singlezahlen gewundert. Doris möchte nicht wissen, wie viele dieser Singles eigentlich gar keine sind.

Doris ist dann zum Sozialamt gegangen. Zwei Stunden hat sie auf dem Flur gesessen. Sie schämte sich. Wofür, weiß sie nicht mehr. Und sie hatte das Gefühl, viel zu gut gekleidet zu sein. Warum hatte sie nur die teure Lederjacke angezogen? Die anderen, die dort warteten, kannten einander zum Teil. Eine Frau mit Kind sprach Doris an. Doris ging hinaus ins Treppenhaus. Morgens fand sie den Gestank von Zigaretten und Dosenbier unerträglich. Nie. Überhaupt würde sie nie wieder zum Sozialamt gehen. Nach fast zwei Stunden war sie verzweifelt. Sie blieb trotzdem. Ein Mann schrie ihren Namen quer über den Flur. Doris rannte fast in sein Arbeitszimmer. Es war *dieser* Mann. Er stellte unendlich viele Fragen. Doris wünschte in dem Moment, sie sähe so aus wie die anderen im Flur. Sie wünschte, niemals in dieses Zimmer zu diesem Mann gekommen zu sein. Irgendwann durfte sie gehen, mit einer Zahlungsanweisung über achthundert Mark. Frank und sie hatten sich vorher immer ausgemalt, wieviel Geld sie wohl bekommen würden, wenn alles klappe beim Sozialamt. Und was sie ihrem Kind alles kaufen würden davon. Sie kauften sein erstes Bett. Mit allem, was dazugehört. Das Geld reichte knapp. Doris hat Frank damals Vorwürfe gemacht, weil er sie zum Amt hatte gehen lassen. Es sei immerhin auch Betrug. Jedenfalls so etwas in der Art. Frank tröstete sie, und sie hatten es vergessen. Bis gestern.

Wolfgang erhebt sich und betrachtet die Bücher im Regal. Mit dem Rücken zu Doris stehend, wird er sehr freundlich.

»Einen Kaffee würde ich jetzt nicht verkehrt finden, Fräulein Klinger. Redet sich doch auch viel besser.«

Doris geht wie automatisiert in die Küche. Einen langen Moment stützt sie sich auf den Kühlschrank. Dann nimmt sie eine Filtertüte. Plötzlich läuft sie ein paar Schritte, um ihr Kind aus dem Zimmer zu holen, in dem dieser Mann sitzt. Dann verharrt sie und versucht unauffällig das Telefon aus dem Schrank zu holen. Es gelingt ihr. Als sie es in die Küche trägt, spürt sie plötzlich den kleinen Jungen an ihrem Bein. Wie er sich hochzieht und nach dem Apparat hangelt. Als Doris ihm zu verstehen geben will, daß sie nur einmal, nur einmal ganz kurz telefonieren will, fängt er sofort an zu schreien. Er will das Telefon *jetzt*. Sofort. Doris überläßt es ihm. Sie füllt Kaffee in den Filter, gießt Wasser ein und schaltet die Maschine an. Der Kleine sitzt auf dem Boden und spricht mit der Frau von »Kein Anschluß unter dieser Nummer«. Jedesmal, wenn die sich ständig wiederholende Ansage durch eine kurze Pause unterbrochen wird, antwortet er, als würde die Dame sich mit ihm unterhalten. Endlich hat er seinen Willen. Ein richtiges Telefon. Keine Imitation wird ihn je so glücklich machen.

Wolfgang weiß, daß Kaffeekochen für Verdächtige so etwas wie eine Gelegenheit zum Nachdenken ist. Das macht ihm nichts aus. Sollen sie sich ruhig weitere Lügen ausdenken. Er überführt sowieso alle. Auch diese Doris. Auf seine Art. Obwohl sie ihm fast leid tut. Sie gefällt ihm. Und der Junge, der mag Wolfgang. Das sieht man doch. Das mit dem Telefon würde Wolfgang einem Kind niemals erlauben. Telefone sind ja nun wirklich nichts für Kinder. Also, wenn er der Vater wäre ... Doris kommt mit einer Tasse ins Wohnzimmer. Wolfgang beobachtet lächelnd, wie sie sie vor ihm aufstellt.

»Na, wo wohnt denn nun der Vater von diesem kleinen Ungeheuer da?«

Doris setzt sich auf die Stuhlkante. »Bei Weinert. In der ...«

Wolfgang lehnt sich zurück.

»Du scheinst dir immer noch nicht darüber im klaren zu sein, wer ich bin. ›Bei Weinert‹. Da war ich inzwischen. Lüg mich gefälligst nicht an!«

Doris geht wortlos in die Küche.

Als sie die Kaffeekanne von der Maschine nimmt, steht Wolfgang plötzlich neben ihr. Er faßt sie am Oberarm.

»Du denkst ja nicht, daß du mit mir irgendwelche Spielchen treiben kannst. Der pennt doch hier, der Macker! In deinem Bett. Ihr wohnt doch zusammen.«

Doris versucht, an ihm vorbeizugehen. Sie möchte den heißen Kaffee einfach so aus der Kanne auf den Boden fließen lassen. Sie möchte zusammensinken.

Wo ist ihr Kind? Der Junge spielt mit dem echten Telefon im Flur.

»Frank hilft mir oft«, hört sie sich sagen. »Dann schläft er auch mal hier. Warum denn nicht?«

Wolfgang lacht auf.

»Warum denn nicht? Warum denn nicht? Weil ihr mich betrogen habt. Von wegen getrennt und alleinerziehend.

Weißt du, was getrennt bedeutet?« Wolfgang zerrt Doris vor den Kühlschrank. Er reißt die Tür auf. »Zwei Butterdosen müßt ihr haben. Jeder seine eigene. Aber nein, sieh hier. Ihr freßt eure Butter aus einer Dose!«

Wolfgang klappt Hängeschränke auf.

»Wo sind eure Töpfe? Wo? Eine Schlampenwirtschaft ist das. Nur drei Stück. Wußte ich's doch. Der muß seinen eigenen Topfsatz haben.«

Wolfgang zeigt auf die Tassen.

»Hier ist alles eins. Ihr seid nicht getrennt von Tisch und Bett!«

Doris stellt die Kaffeekanne auf dem Kühlschrank ab. Sie hält sich die Ohren zu. Sie hockt sich hin. Wolfgang zerrt sie wieder hoch. Am Arm zieht er sie zurück ins Wohnzimmer. Er reißt die Decke vom Futon.

»Da! Das soll getrennt sein? Auf dem Bett liegt nur eine Federdecke.«

Doris macht sich los. Sie läuft in den Flur und reißt die Wohnungstür auf.

»Raus!«

Wolfgang stößt sie weg und knallt die

Tür zu. Das Kind fängt an zu weinen. Doris nimmt den Kleinen auf den Arm. Er beruhigt sich sofort. Wolfgang geht in die Küche und holt Kaffee. Als sei nichts gewesen, geht er mit der Kanne ins Wohnzimmer und gießt sich ein. Doris fühlt sich einen Moment lang sicherer. Sie lehnt sich mit dem Kind in die Tür und sagt, daß es ihr egal sei, wenn alles rauskomme. Ja, egal! Dann würden sie eben das ganze Geld zurückzahlen. Das bißchen. Das schafften sie schon. Und das Ganze sei nichts gegen das, was er hier tue und schon gestern getan habe.

Wolfgang grinst sie an.

»Was? Was habe ich getan? Was?«

Doris setzt ihren Sohn ab.

»Die Polizei war hier. Die wissen Bescheid.«

Langsam steht Wolfgang auf.

»Da kannst du mal sehen, daß sie dir nicht glauben, du miese kleine Schlampe du. Dir glaubt keiner. Und schon gar nicht, daß ich ... Aber, wenn ich erzähle, was du für einen Dreck am Stecken hast. Du mit deinem Macker.«

Doris weint.

»Ist mir egal. Ich habe das Versteckspielen wegen der Lappalien sowieso satt. Schon lange.« Wolfgang drückt Doris an die Wand.

»Was heißt hier Lappalien? Du, ich werde gleich unfreundlich.«

Der kleine Junge zieht sich an Doris' Beinen hoch. Wolfgang stößt ihn weg. Doris wimmert. Als Wolfgang Doris auf das Bett wirft, fängt das Kind an zu schreien.

Frank deckt die Leiche mit der Tagesdecke zu.

Martin Weinert hat ihm in der Oper sofort von dem unerwarteten Besuch in Altona erzählt.

Doris und Frank sitzen noch lange am Gitterbett ihres Sohnes.

Als das Kind endlich schläft, legt Doris den Telefonhörer auf. Lange dauert es, bis sie wieder ein Freizeichen hört.

Doris wählt 110.

Dann geht sie duschen.

Holger Biedermann

»Von Ratten und Menschen«

Band 16049

»Unterhaltsam und präzise«

Die Tageszeitung

Am Morgen des 11. September 2001 steht der Hamburger Kommissar Pieter Lund vor einer grausam zugerichteten Leiche. Seine Recherchen führen ihn in die al-Kaida-Szene, denn der Tote steht offenbar in direktem Zusammenhang mit dem Attentat auf die Türme des World Trade Centers. Pieter Lund merkt schnell, dass er in ein Wespennest gestochen hat, das auch für ihn lebensgefährlich werden kann …

fi 16049 / 1

Holger Biedermann

Die Spur des Dr. Death

Roman

Band 16409

Die Nachricht, dass Milzbranderreger in den USA gefunden wurden, lässt auch Kommissar Pieter Lund in Hamburg aufhorchen. Spuren führen nicht nur nach Deutschland, sondern auch nach Südafrika, wo seinerzeit ein groß angelegtes Biowaffen-Programm zur Vernichtung der schwarzen Bevölkerung unter der Leitung von ›Dr. Death‹ entwickelt wurde. Für Pieter Lund zählt jede Minute, um das Netzwerk aus Korruption und Verrat zu zerschlagen.

Fischer Taschenbuch Verlag

fi 16409 / 1